U0140867

迪博内部控制与企业风险管理系列丛书

上市公司内部控制实务

INTERNAL CONTROL PRACTICE OF LISTED COMPANIES

赵立新　程绪兰　胡为民　著

電子工業出版社
Publishing House of Electronics Industry
北京 · BEIJING

图书在版编目（CIP）数据

上市公司内部控制实务 / 赵立新，程绪兰，胡为民著．—北京：电子工业出版社，2010.7
（迪博内部控制与企业风险管理系列丛书）
ISBN 978-7-121-11341-3

Ⅰ．①上…　Ⅱ．①赵…　②程…　③胡…　Ⅲ．①上市公司－企业管理　Ⅳ．①F276.6

中国版本图书馆 CIP 数据核字（2010）第 133248 号

策划编辑：王慧丽
责任编辑：王慧丽
印　　刷：北京机工印刷厂
装　　订：三河市鹏成印业有限公司
出版发行：电子工业出版社
　　　　　北京市海淀区万寿路 173 信箱　邮编 100036
开　　本：720×1000　1/16　印张：12.75　字数：170 千字
印　　次：2011 年 2 月第 3 次印刷
定　　价：39.00 元

凡所购买电子工业出版社图书有缺损问题，请向购买书店调换。若书店售缺，请与本社发行部联系，联系及邮购电话：（010）88254888。

质量投诉请发邮件至 zlts@phei.com.cn，盗版侵权举报请发邮件至 dbqq@phei.com.cn。

服务热线：（010）88258888。

前 言

继2008年6月28日《企业内部控制基本规范》颁布之后，2010年4月26日，财政部、证监会、审计署、银监会、保监会又联合发布了《企业内部控制配套指引》（以下简称"配套指引"），该配套指引包括《企业内部控制应用指引》、《企业内部控制评价指引》和《企业内部控制审计指引》。配套指引是对《企业内部控制基本规范》的细化，它的制定发布，标志着适应我国企业实际情况、融合国际先进经验的"以防范风险和控制舞弊为中心，以控制标准和评价标准为主体，结构合理、层次分明、衔接有序、方法科学、体系完备"的中国企业内部控制规范体系建设目标基本建成。

根据配套指引规定，企业内部控制实施的时间为：自2011年1月1日起首先在境内外同时上市的公司施行，自2012年1月1日起扩大到在上海、深圳证券交易所主板上市的公司施行；在此基础上，择机在中小板和创业板上市公司施行；同时，鼓励非上市大中型企业提前执行。中国证监会将与有关部门加强协调，按照"选择试点、逐步推广、总结经验、稳步推进"

的原则，分步骤、分阶段地推进《企业内部控制基本规范》在上市公司的实施，并把上市公司的内部控制建设情况纳入上市公司日常监管的范围，对内部控制制度的建立和运行实施有效的外部监督，同时最大限度地发挥中介机构的审计监督职能，确保内部控制规范体系的执行质量。同时，中国证监会将重点指导上市公司、中介机构、交易所、监管机构等相关各方共同推动《企业内部控制基本规范》的顺利实施，并将修订现有监管法规中有关内部控制的规则，从信息披露和监管两个层面完善配套措施。可以说，配套指引的发布为中国上市公司内部控制建设提供了具体的操作指引，也表明了监管层对于规范企业内部控制的信心和决心，因此势必推动中国企业尤其是上市公司新一轮的内部控制建设高潮。

如果说《萨班斯法案》的出台引发了各国监管层对企业内部控制的高度重视，那么，全球金融危机的爆发则使企业管理层与“风险”有了一次深刻的“亲密接触”，从此，“风险”和“内部控制”这两个概念深深地烙在企业管理层心中。相信经过金融危机的洗礼，越来越多的企业家都认识到了提高内部控制水平对于企业抵御内外部风险的重要意义，而不再仅仅将其停留在满足监管的要求上。

目前，世界经济已步入“后危机时代”，各国经济逐步回暖，企业面临的发展机会逐步增多，但是，由于经济复苏基础尚不稳固，企业发展的不确定性因素仍然很多。对我国上市公司来说，要想在如此复杂的市场环境中抓住机遇，实现发展，必须强化内功，从内部控制角度提升自身应对危机和抵御风险的能力，建立健全以全面风险管理为导向的内部控制体系，为企业发展构筑一道防火墙，这也是金融危机带给我们的最大启示。

诚然，配套指引的出台为中国企业尤其是上市公司实施内部控制提供了具体指引，但如何将其与企业的日常管理实际相融合，以持续提升企业的经营效率和效果，仍是企业面临的一大困惑。本书正是在此背景下撰写的，我们在充分理解《企业内部控制基本规范》和配套指引的基础上，总结自身在企业内部控制和风险管理工作中的实践经验，力图为企业提出一套系统的内部控制体系构建程序、方法和实务操作规范。同时，本书还针对上市公司业务特点，从关联交易、并购和信息披露三个方面对上市公司内部控制中应特别关注的风险事项进行了分析，并提出了相应的建议，以供企业参考和借鉴。需要指出的是，本书的初衷不是对《企业内部控制基本规范》和配套指引进行简单的解读，而是力图为相关各方推行和应用《企业内部控制基本规范》和配套指引提供更加贴合实际的实务指导。

全书共5章，每章的主要内容如下。

第1章，主要回答内部控制“是什么”和“为什么”的问题。在介绍内部控制相关理念和发展历程的基础上，重点阐述了上市公司实施内部控制的必要性，并引用了深圳市迪博企业风险管理技术有限公司发布的《中国上市公司2008年内部控制白皮书》和《中国上市公司2009年内部控制白皮书》的部分结论，以实际调研数据为支撑，提出了内部控制对企业提升公司价值、保护股东及相关方利益的重要意义。

第2章，主要回答“怎么做”的问题。以制定计划、现状评估、体系构建和维护为主线，按照“目标—风险—控制”的对应原则，提出了主流的内部控制体系建设的工作思路和基本程序，并以图表的形式直观地介绍了许多内部控制体系建设的应用工具，大大降低了企业实际操作中的工作难度。

第3章，主要阐述如何进行有效的内部控制评价。从评价组织、评价范围和内容、评价程序和方法、评价报告四个方面介绍了内部控制评价实施的关注要点和具体措施，以期通过评价实现企业内部控制建设水平的持续改进和提升。

第4章，主要阐述内部控制审计实施的主要程序和要点，并介绍了内部控制审计与内部控制评价的关系，与第3章内容相互呼应并有效承接。同时，本章还提供了大量参考性极强的内部控制审计示例，为注册会计师开展内部控制审计提供了工作模板。

第5章，主要根据上市公司业务特点，围绕关联交易、并购、信息披露三个重点事项，分析其控制中常见的风险事项，并提出相应的建议和措施。同时，本章还介绍了国内外知名企业在上述方面的成功经验或失败教训，帮助上市公司避开内部控制缺陷“雷区”。

本书适合内部控制监管机构的相关人士，公司董事、监事、高级管理人员，内部控制和风险管理职能部门、内部审计部门的相关人士，注册会计师及对企业内部控制和风险管理感兴趣的朋友阅读。

感谢为本书出版做出贡献的各位朋友和同事，特别需要感谢的是林斌教授、徐振先生以及迪博的咨询、研究团队，今天的成果与他们的辛勤努力与大力支持密不可分。

由于本书付梓仓促，如有不当之处，欢迎业界专家和广大读者不吝赐教。（接受批评、建议的邮箱：huweimin@dibcn.com）

作　者

目 录

内部控制概述

实施内部控制之前，公司必须对内部控制有一定了解，知道内部控制“是什么”，透过内部控制的发展进程和各种标志性事件，理解内部控制实施的必要性，即解决“为什么”的问题。

内部控制的建设是为了满足自身发展和外部监管需要。满足自身发展、提升经营的效率和效果、实现公司战略是最终目标；满足外部监管要求、经营管理合法合规是前提。二者不可偏废。

1.1 内部控制发展历程

内部控制的发展是一个逐步演变的过程，大致可以分为内部牵制、内部控制制度、内部控制结构、内部控制整合框架及企业风险管理整合框架五个阶段。

1.1.1 内部控制发展阶段

1. 内部牵制阶段

内部牵制是指在对具体业务进行分工时，不能由一个部门或一个人完成一项业务的全过程，而必须有其他部门或人员参与，并且与之衔接的部门能自动地对前面已完成工作的正确性进行检查。因此，在内部牵制阶段，内部控制主要表现为一种以职责分工为特征的审计方法，其主要目的是保护企业内部现金资产的安全和会计账簿记录的准确。

内部牵制作为内部控制的原始形式，有着漫长的发展历史。早在公元前3600年的美索不达米亚文明时期，人们就已经开始用各种标记和符号对钱、财、物的使用情况进行核对和记录。尽管没有形成系统的内部牵制理论，但是内部牵制一直随着历史和人类文明的进程在不断发展和完善。

直至18世纪中期，随着工业革命爆发，企业的规模不断扩大，组织形式日益复杂，社会化大分工出现，这都推动了内部牵制实践的快速发展。实践的发展同时也促生了理论的形成，1912 年，R·H·蒙哥马利提出了内部牵制理论，认为"两个或两个以上的个人或部门无意识地犯同样的错误的可能性很小；两个或两个以上的个人和部门有意识地串通舞弊的可能性大大低于一个人或部门舞弊的可能性"，因此内部牵制"要求在经营管理中凡涉及财产物资和货币资金的收付、结算及其登记工作，应当由两个或两个以上的人员来处理，以便彼此牵制，差错防弊"。

2. 内部控制制度阶段

在内部控制制度阶段，内部控制以内部会计控制为核心，重点是建立健全规章制度。

这一阶段，各种组织和机构出台了一系列的内部控制规章制度，其中具有代表性的有：

- 1949 年，美国注册会计师协会（AICPA）发表了《内部控制——协作体系的要素及其对于管理层和独立公共会计师的重要性》的报告，并首次给内部控制做了权威性的定义：内部控制是使管理部门所制定的旨在保护资产、保证会计资料可靠性和完整性、提高经营效率的各项政策得以贯彻执行的组织计划和相互配套的各种方法及措施。
- 1958 年，美国审计程序委员会《审计程序公告第 29 号》（SAP No.29)，将内部控制划分为内部会计控制和内部管理控制：前者是关于保护企业资产、检查会计数据的准确性和可靠性的控制；后者是关于提高经营效率、保证管理部门所制定的各项政策得到贯彻执行的控制。

- 1963 年，美国审计程序委员会发布第 33 号 SAP，并提出“独立审计师主要考虑与会计有关的控制”，并认为“会计控制与财务记录的可靠性有直接和重要的联系，要求审计师做出评估。管理控制一般间接地与财务记录有关，因此无须评估。但是，如果审计师确信特定的管理控制与财务记录的可靠性之间有重要关联，则可以对其进行评估”。
- 1972 年，美国审计准则委员会《审计准则公告第 1 号》(SAS No.1) 将内部控制分为管理控制和会计控制，对它们的定义如下：内部管理控制包括但不限于组织计划及与管理部门授权办理经济业务的决策过程有关的程序和记录。内部会计控制是为资产安全、财务记录可靠和一些具体事项提供合理保证的组织结构、程序及记录。
- 1986 年，最高审计机关国际组织发布《关于绩效审计、公营企业审计和审计质量的总声明》，其中进一步扩大了内部控制的范围：内部控制作为完整的财务和其他控制体系，包括组织结构、方法程序和内部审计。它是由管理当局根据总体目标而建立的，目的在于帮助企业的经营活动合法化，具有经济性、效率性和效果性，保证管理决策的贯彻，维护资产和资源的安全，保证会计记录的准确和完整，并提供及时的、可靠的财务和管理资源。

除了上述有关内部控制的规章制度的出台，还有一件意义重大的事件，即 1974 年 AICPA 成立了审计师责任委员会，也就是著名的科恩委员会。科恩委员会成立后提出两个重要建议：第一，公司管理当局应在出具财务报告的同时再出具一份披露公司内部控制系统状况的报告；第二，审计师应对管理当局出具的内部控制报告进行评价并报告。

3．内部控制结构阶段

1988年，AICPA在《审计准则公告第55号》（SAS N0.55）中以“内部控制结构”的提法替代了“内部控制”并废除了“内部会计控制”和“内部管理控制”两种概念的划分，对企业内部控制结构进行了如下定义：内部控制结构是合理保证企业特定目标的实现而建立的各种政策和程序，包括内部控制环境、会计制度和控制程序三个要素。这代表着内部控制发展进入了第三个阶段。

4．内部控制整合框架阶段

内部控制整合框架阶段是在以上三个阶段的基础上，把内部控制要素整合成五个相互关联的部分。从外部环境看，内部控制整合框架的产生可以追溯到20世纪70年代的“水门事件”。

美国政府在对“水门事件”的调查中，发现某些公司为了做成贸易和保持贸易关系，竟贿赂某些外国官员。而为了掩盖这些不合法的支出，他们往往伪造会计记录，或者另设账外记录。

鉴于此，1977年，美国政府将“每个公司必须设计和建立有效的内部控制制度”以立法形式在《反国外贿赂法》（FCPA）中予以颁布。FCPA要求公司对外报告的披露者设计一个内部会计控制系统，并维持其有效性，为下列目标的实现提供合理保证：① 交易在管理当局的授权或特殊授权下执行；② 交易按需被记录，保证资产在账面上得到反映；③ 只有在得到管理当局的一般授权或特殊授权之后，资产的接近才得到允许；④ 将账面资产与实存资产在合理的期间内进行核对，并对产生的任何差异均采取适当的措施。

这些条款揭示了FCPA暗含的一个关键主题，就是适当的内部控制能够有效地阻止对国外政府官员的非法支付。随着 FCPA 的颁布，很多公众公司很快将内部审计职能部门的规模和职责大大扩大了，不少组织从各个不同的角度对内部控制进行研究，并发布了许多内部控制的建议和指南。

1985 年，由美国注册会计师协会（AICPA）、美国会计协会（AAA）、财务经理人协会（FEI）、内部审计师协会（IIA）、管理会计师协会（IMA）联合创建了反虚假财务报告委员会（通常称为 Treadway 委员会），旨在探讨财务报告中产生舞弊的原因，并寻找解决之道。两年后，基于该委员会的建议，其赞助机构成立了发起人委员会（Committee of Sponsoring Organization，COSO），专门研究内部控制问题。1992 年 9 月，COSO 发布了《内部控制——整合框架》(COSO—IC)，简称 COSO 报告，并于 1994 年进行了增补。由于 COSO《内部控制——整合框架》提出的内部控制理论和体系集内部控制理论和实践发展之大成，成为现代内部控制最具权威性的框架，因此在业内备受推崇，得到了广泛推广和应用。

在 COSO《内部控制——整合框架》中，内部控制被定义为一个由企业的董事会、管理层和其他人员实现的过程，旨在为实现下列目标提供合理保证：财务报告的可靠性，经营的效率和效果，符合适用的法律法规。

COSO《内部控制——整合框架》把内部控制划分为五个相互关联的要素，分别是：控制环境、风险评估、控制活动、信息与沟通、监控。

5. 企业风险管理整合框架阶段

企业风险管理整合框架是将内部控制整合框架五要素拓展成了八个要素，这八个要素相互关联，成为一个严密的整体。同时，将内部控制与风险管理理念贯穿其中，所以这个整体被称为企业风险管理整合框架。而追溯促进企业风险管理整合框架形成的原因时，就不得不提到 21 世纪初美国爆发的几大财务丑闻。

2001年，美国安然公司财务丑闻的爆发极大地震撼了美国和整个国际社会。作为世界最大的能源交易商，安然在2000年的总收入高达1010亿美元。然而就在次年的11月8日，安然被迫承认做了假账，虚报数字让人瞠目结舌：自1997年以来，安然虚报赢利共计近6亿美元。2001年12月2日，安然正式向破产法院申请破产保护，破产清单中所列资产高达498亿美元，成为当时美国历史上最大的破产企业。

无独有偶，几个月之后世界通信（Worldcom）公司因为财务造假被揭穿，承认至少有38亿美元的支出被做了手脚，用来虚增现金流和利润；同时，该公司2001年14亿美元的利润和2002年第一季度1.3亿美元的赢利也属子虚乌有。2002年7月，世界通信公司正式向纽约南区地方法院递交了破产保护申请。根据破产申请文件，该公司破产涉及的资金规模是安然公司的两倍，是环球电信破产案的四倍，创美国企业破产案的历史新高。

触目惊心的是，安然和世界通信公司事件并不是财务造假案的终结，在有关机构的介入调查和整肃下，财务造假丑闻还在继续被披露。

- 施乐：世界最大的复印机生产商——美国施乐公司被披露在1997年至2001年间虚报营业收入，金额高达64亿美元，远远超出美国证监会与该公司达成和解协议所预估的数字。
- 默克：全球第三大药品制造商、美国制药巨头默克公司传出虚报利润124亿美元的消息，主要是涉嫌在过去3年中利用不正当财务手段提高利润。
- 强生：因涉嫌“在制药过程中严重违规，刻意隐瞒事故，擅自变动制造过程与配料，生产有严重缺陷的药物”，美国强生公司遭到美国政府调查。

• 奎斯特：美国第四大通信运营商奎斯特通信公司传出涉嫌造假丑闻。该公司涉嫌虚报营业额 14 亿美元及修改业绩报告。

在此背景下，为了提高民众对美国金融市场及政府经济政策的信心，2002 年 7 月，美国国会通过了《萨班斯法案》，该法案对渎职和做假账的企业主管实行严厉的制裁，对上市公司实行更为严格的监管（第 302、404、906 条款）。

《萨班斯法案》要求上市公司全面关注风险，加强风险管理，这在客观上也推动了《内部控制——整合框架》的进一步发展。与此同时，COSO 也意识到《内部控制——整合框架》自身也存在一些问题，例如，过分注重财务报告，而没有从企业全局与战略的高度来关注企业风险。在内部和外部双重因素的推动下，2004 年 9 月，COSO 发布了《企业风险管理——整合框架（COSO—ERM）》，这标志着 COSO 最新的内部控制研究成果面世了。

在《内部控制——整合框架》五个要素的基础上，COSO 发布的《企业风险管理——整合框架》的构成要素增加到八个，即内部环境、目标设定、事项识别、风险评估、风险应对、控制活动、信息与沟通、监控。八个要素相互关联，贯穿于企业风险管理的过程中。

1.1.2 内部控制与风险管理的标准

在内部控制的演进过程中，美国的监管部门、各种组织和机构在推动内部控制的标准化，以及内部控制与企业实务的有效结合方面做出了巨大贡献。此外，其他一些国家根据本国的实际情况，也制定了一系列的内部控制与风险管理的标准，这些标准不断丰富着内部控制的理论与实务。

1. 加拿大 COCO 委员会内部控制框架

1992 年加拿大特许会计师协会（CICA）成立了 COCO 委员会（Criteria of Control Board），该委员会的使命是发布有关内部控制系统设计、评估和报告的指导性文件。经过三年的研究，COCO 委员会于 1995 年 10 月正式发布了关于内部控制的框架性文件——控制指南。

COCO 委员会将内部控制的概念进行了扩展，并定义为“内部控制是一个企业中的要素集合体，包括资源、系统、过程、文化、结构和任务，这些要素集合在一起支持达成企业的目标”。

COCO 内部控制框架包含四个基本要素：目的、承诺、能力、监控与学习。

2. 澳大利亚—新西兰风险管理标准（AS/NZS 4360）

澳大利亚—新西兰风险管理标准（AS/NZS 4360）是世界上第一个国家风险管理标准，是澳大利亚和新西兰的联合标准，于 1995 年首次被发布。

AS/NZS 4360 的主要内容是给出了一套风险管理的标准语言定义和标准过程定义。在标准语言定义中，AS/NZS 4360 明确指出风险是对目标而言的不确定性，其结果“可以是损失、伤害、失利或者获利”。而“风险管理既是为了发现机会，也同样是为了避免或减轻损失”。由于企业经营不仅是为了避免损失，更是为了赢利。这样，AS/NZS 4360 的定义就把风险和企业的目标紧密结合起来。在标准过程定义中，AS/NZS 4360 把风险管理看做一个过程，并给出了这个过程的内涵，即风险管理应分为通信和咨询、建立环境、风险识别、风险分析、风险处置、风险监控与回顾七个步骤。

3．英国《联合准则》、《上市规则》与《内部控制框架报告》

20 世纪 90 年代英国公司治理委员会发布了一系列有关公司治理和内部控制研究的报告，其改善本国企业内部控制状况的努力可见一斑。

在这些报告的基础上，伦敦股票交易所于 1998 年 1 月发布了一部旨在规范治理的法则，即《联合准则》（*The Combined Code*），其中有三条涉及了企业内部控制：① 董事会负责建立、健全一套完整的企业内部控制制度，以保护投资者的投资和公司的安全；② 董事会负责每年检查和评价一次内部控制制度的有效性，并向股东报告，内部控制的检查范围应涵盖所有控制，包括财务、运营、合规、风险等方面；③ 设立内部审计职能的公司应随时评估公司各方面对内部审计工作的需求。此外，伦敦股票交易所的《上市规则》（*The Listing Rule*）中对披露内部控制情况做了以下规定：上市公司在年报中要披露执行内部控制制度的执行情况，如果没有建立健全内部控制或部分建立了内部控制，要说明详细原因。

“联合规则”和“上市规则”仅对建立和披露内部控制提出了原则和要求，并没有提出建立内部控制的具体方法或模式。鉴于此，英国特许会计师协会受伦敦股票交易所委托，于 1999 年发布了一份系统指导企业建立内部控制的报告——《内部控制框架报告》（*Turnbull Report*）。

《内部控制框架报告》归纳整理了英国法律、法规中与内部控制有关的规定，其主要内容包括内部控制的建立原则、目标、范围、构成要素。

《内部控制框架报告》认为董事会对公司的内部控制负责，应制定正确的内部控制政策，并寻求日常的保证，使内部控制系统发挥作用，还应进一步确认内部控制在风险管理方面是有效的。董事会应在谨慎、仔细地了解信息的基础上形成有关内部控制是否有效的正确判断。

4. 法国《金融安全法》与内部控制框架

法国于2003年8月通过了《金融安全法》，其中与内部控制有关的内容包括：① 上市公司的董事会主席应当在其年度报告中披露公司治理情况及相应的内部控制程序；② 上市公司应当在其年度报告中附上由注册会计师出具的观察报告，该报告负责观察上市公司与财务信息的编制和处理相关的内部控制程序；③ 金融监管局每年应当根据各上市公司按照上述①、②项披露的情况，编写内部控制报告建议书。

然而，《金融安全法》中关于内部控制的内容过于原则化，法国企业需要能够帮助其建立内部控制的操作工具。于是，2007年1月，法国金融监管局发布内部控制框架，框架由以下内容组成：① 简介；② 内部控制的一般原则；③ 与财务信息的编制和处理相关的内部控制程序应用指南；④ 附录。其中第三部分为整个内部控制框架的重点，适用于除银行保险业以外的其他行业的所有企业单个财务报表和集团公司的合并财务报表的编制，内容涉及内部控制的所有控制要点。

5. 日本内部控制体系及相关法规

2006年6月7日，日本国会通过了被称为日本版《萨班斯法案》的《金融商品交易法》，将对企业内部控制评价及审计的要求列入了法律。该法案规定，管理层需要对财务报告内部控制的设计和运营效能进行评估，并在其归档文件中报告评估结果。公认会计师对经营者财务报告相关内部控制评价结果进行审计。

日本《金融商品交易法》是在借鉴美国《萨班斯法案》的基础上，针对日本上市公司发布的一套法律。其目的是通过在日本上市的企业做好与财务相关的内部控制措施，确保财务报告的真实完整性，从而规范资本市场，保护投资者利益。

继《金融商品交易法》颁布实施后，2007 年 2 月 15 日，日本审计准则制定机构——企业会计审计会正式发布了《财务报告内部控制的管理层评价与审计准则》及《财务报告内部控制的管理层评价与审计准则实施指引》，该准则从 2008 年 4 月 1 日开始实施，为企业内部控制评价和公认会计师对内部控制鉴证提供了技术规范和指导。

与 COSO《内部控制框架》相比，日本内部控制体系在目标和构成要素上都有相应的增加。目标方面，除财务报告的可靠性、经营的效率效果和符合法律法规外，增加了资产安全；构成要素方面，除沿用了 COSO《内部控制——整合框架》中的五要素外，增加了 IT 应对要素。

1.1.3 我国内部控制的发展进程

在内部控制规范化成为全球性趋势的背景下，随着资本市场在我国的迅速发展，我国政府和利益相关者开始日益注重公司的内部控制建设问题。1999 年修订的《会计法》第一次以法律形式对建立健全内部控制提出了原则要求，财政部随即连续制定发布了包括《内部会计控制规范——基本规范》在内的七项内部会计控制规范。而真正将内部控制和风险管理形成法规，还是在美国“安然事件”和“世界通信公司财务欺诈案”及《萨班斯法案》颁布之后。下面简要介绍在我国内部控制发展进程中具有代表性的政策、法规和规范。

- 1999 年修订的《会计法》第一次以法律形式对建立健全内部控制提出原则要求，其第 27 条规定，各单位应当建立健全本单位内部会计监督制度。
- 自 2001 年开始，为落实《会计法》的精神，财政部连续制定发布了包括《内部会计控制规范——基本规范》在内的七项内部会计控制规范，即《基本规范（试行）》（2001）和涉及货币资金（2001）、采购与付款（2002）、销售与收款（2002）、工程项目（2003）、担保（2004）、对外投资（2004）等内容的六个具体控制规范，同时印发了固定资产、存货、筹资、成本费用、预算等控制规范的征求意见稿。

- 2001年1月31日，证监会发布了《证券公司内部控制指引》，要求证券公司从内部控制机制和内部控制制度两个方面来规范自身的发展，有效防范和化解风险，维护证券市场的安全和稳定。
- 2002年9月7日，中国人民银行制定发布了《商业银行内部控制指引》，促进商业银行建立健全内部控制体系，防范金融风险，保障银行体系安全稳健运行。
- 2003年12月，审计署发布第5号令《审计机关内部控制测评准则》，提出建立健全内部控制并保证其有效实施是被审计单位的责任，审计人员的责任是对内部控制的健全性和有效性进行评价。
- 2005年11月，证监会发布了《关于提高上市公司质量的意见》，意见明确提出上市公司要严格按照《公司法》等相关法律法规和现代企业制度的要求，完善股东大会、董事会、监事会制度，形成权利机构、决策机构和监督机构与经理层之间权责分明、各司其职、有效制衡、科学决策、协调运作的法人治理结构；同时要求上市公司加强内部控制制度建设，强化内部管理，对内部控制制度的完整性、合理性，以及实施的有效性进行定期检查和评估，并通过外部审计对公司的内部控制制度及公司的自我评估报告进行核实评价，通过自查和外部审计，及时发现内部控制的薄弱环节，认真整改，堵塞漏洞，有效提高风险防范能力。

- 2006年5月17日，证监会发布了《首次公开发行股票并上市管理办法》，该办法第29条规定“发行人的内部控制在所有重大方面是有效的，并由注册会计师出具无保留结论的内部控制鉴证报告”。这是中国首次对上市公司内部控制提出具体要求。
- 2006年6月5日，上海证券交易所出台了《上市公司内部控制指引》，要求上市公司建立内部控制体系，并于2006年7月1日全面执行。该指引将内部控制定义为“上市公司为了保证公司战略目标的实现，而对公司战略制定和经营活动中存在的风险予以管理的相关制度安排。它是由公司董事会、管理层及全体员工共同参与的一项活动”。根据上市公司管理模式和业务特点，该指引还提出了针对专项风险的内部控制，并对其检查监督和信息披露做了相应要求。
- 2006年6月6日，国资委正式对外发布了《中央企业全面风险管理指引》(以下简称《指引》)。《指引》指出，风险是指未来不确定性对企业实现其经营目标的影响，提出了企业面临的战略风险、财务风险、市场风险、运营风险和法律风险等五类主要风险。此外，《指引》制定了风险管理的基本流程：首先，按五类风险全面收集初始信息；其次，在进行必要的筛选、提炼、对比、分类、组合后进行风险评估，风险评估包括风险识别、风险分析、风险评价；再次，对于评估后的风险，企业应根据自身风险偏好和风险承受度选择科学的风险管理策略；最后，根据风险管理策略，针对各类风险或每一项重大风险制定风险管理解决的内部控制方案。《指引》高屋建瓴地提出了企业风险管理的组织体系，即以职能部门和业务单位为第一道防线，以风险管理职能部门和董事会下设的风险管理委员会为第二道防线，以内部审计部门和董事会下设的审计委员会为第三道防线。《指引》强调在风险管理推行过程中，企业应注重利用信息技术，建成涵盖风险管理基本流程和内部控制系统各个环节的风险管理信息系统，并根据实际需要不断进行改进、完善、更新。

- 2006年9月28日，继上海证券交易所之后，深圳证券交易所也出台了《上市公司内部控制指引》，敦促上市公司建立健全公司内部控制制度，并于2007年7月1日起正式执行。该指引将内部控制定义为"上市公司董事会、监事会、高级管理人员及其他有关人员为实现下列目标而提供合理保证的过程：① 遵守国家法律、法规、规章及其他相关规定；② 提高公司经营的效益及效率；③ 保障公司资产的安全；④ 确保公司信息披露的真实、准确、完整和公平。"该指引对上市公司应当特别关注的内部控制进行了总结，包括对控股子公司、关联交易、对外担保、募集资金使用、重大投资和信息披露等方面的内部控制。
- 2007年3月，证监会发布《关于开展加强上市公司治理专项活动有关事项的通知》，要求上市公司本着实事求是的原则，严格对照《公司法》、《证券法》等法律法规及《公司章程》、《董事会议事规则》等内部规章制度，对公司100个重要治理事项进行自查，其中涉及内部控制的自查有15项。同年，证监会发布了《关于做好上市公司2007年年度报告及相关工作的通知》，提出上市公司应在2007年年报中全面披露公司内部控制建立健全的情况。
- 2007年6月，银监会重新修订了《商业银行内部控制指引》，明确规定除商业银行外，政策性银行、农村合作银行、城市信用社、农村信用社、村镇银行、贷款公司、农村资金互助社、金融资产管理公司、邮政储蓄机构、信托公司、财务公司、金融租赁公司、汽车金融公司、货币经纪公司等其他金融机构也需要参照执行。

- 2008年6月28日，财政部会同审计署、证监会、银监会、保监会联合发布《企业内部控制基本规范》。《企业内部控制基本规范》在形式上借鉴了COSO报告五要素框架，同时在内容上体现了风险管理八要素框架的实质，实现了与国际接轨。
- 2008年8月18日，国资委发布第20号令《中央企业资产损失责任追究暂行办法》。该办法第25条、第27条、第32~40条明确规定了中央企业领导人对企业内部控制缺陷造成企业资产损失应承担的责任和应受到的处罚。
- 为了推动《企业内部控制基本规范》的应用，更好地指导企业建立、实施和评价内部控制，规范会计师事务所内部控制审计行为，2010年4月26日，财政部、证监会等五部委联合发布了《企业内部控制应用指引》、《企业内部控制评价指引》和《企业内部控制审计指引》（以下简称配套指引）。《企业内部控制基本规范》和配套指引共同构成了我国企业内部控制规范体系。

上述内部控制政策、法规、规范文件的出现，为我国企业实施内部控制建立了一套相对完善的标准。尽管在具体内容上各有侧重，但这些政策、法规、规范文件的最终落脚点都是为了提升我国企业治理水平，促进企业战略目标实现，解决企业发展问题，以应对国际国内激烈竞争。它们的出台，标志着监管单位对国内企业的内部控制建设由提倡转变为了明令要求。

1.1.4 我国企业内部控制规范框架体系

我国企业内部控制规范框架体系包括标准体系和评价体系两部分，其中标准体系由《企业内部控制基本规范》与《企业内部控制应用指引》构成，评价体系由《企业内部控制评价指引》和《企业内部控制审计指引》构成。

《企业内部控制基本规范》规定企业内部控制的基本目标、基本要素、基本原则和总体要求，是制定应用指引的基本依据，同时也是实施内部控制评价和会计师事务所审计的基本依据，在内部控制标准体系中起统驭作用。

《企业内部控制应用指引》是在《企业内部控制基本规范》的基础上，针对企业办理有关业务和事项而提出的操作性强的指导意见，具体包括组织架构、发展战略、人力资源、社会责任、企业文化、资金活动、采购业务、资产管理、销售业务、研究与开发、工程项目、担保业务、业务外包、财务报告、全面预算、合同管理、内部信息传递、信息系统等18项指引。

《企业内部控制评价指引》为企业开展内部控制评价提供指引，以促进企业全面评价内部控制的设计和运行情况。该指引要求，企业应当围绕内部环境、风险评估、控制活动、信息与沟通、内部监督等要素，确定内部控制评价的具体内容，并按照内部控制评价程序开展评价工作，在日常监督和专项监督的基础上，认定内部控制缺陷。该指引还要求，企业应对内部控制评价过程、内部控制缺陷认定及整改情况、内部控制有效性的结论等相关内容做出披露。

《企业内部控制审计指引》则为会计师事务所执行企业内部控制有效性审计提供指引。《企业内部控制审计指引》创造性地解决了内部控制审计的新要求（不能局限于财务报告内部控制有效性审计）与注册会计师风险责任的可承担性之间的矛盾，明确指出，注册会计师不仅应当对企业财务报告内部控制有效性发表审计意见，同时还应对内部控制审计过程中注意到的非财务报告内部控制的重大缺陷，在内部控制审计报告中增加描述段予以说明。

《企业内部控制基本规范》作为内部控制规范体系中的统领性文件，提出了企业实施内部控制的原则性要求。配套指引的出台，则细化了企业内部控制建设、维护、监督检查等各项具体工作的要求，并提供了具有较强可操作性的方法、程序和模式。企业内部控制规范体系的形成，将有助于推进我国企业经营管理再上新的台阶，促进我国经济发展方式有序转变。

1.2 上市公司实施内部控制的必要性

为规范上市公司管理，保护投资者利益，外部监管机构出台了一系列旨在加强上市公司内部控制建设的监管法规，上市公司必须不断规范公司治理方式以满足日益严厉复杂的监管要求。然而，满足外部监管要求仅仅是上市公司实施内部控制的低层次目标，内部控制作为一种管理手段，满足公司自身发展的需要、提升经营的效率和效果、促进战略目标实现才是更高层次的目标。

1.2.1 满足自身发展的需要

通过实施内部控制，公司可以不断提升管理水平，提高公司价值，保护管理层及其利益，为实现战略目标、保持持续发展奠定良好基础。

1. 提升管理水平

公司管理过程中可以采取的控制措施一般包括不相容职务分离、授权审批、会计系统、资产保护、预算、运营分析和绩效考评等。

（1）不相容职务分离控制

不相容职务分离是指在对具体业务进行分工时，不能由一个部门或一个人来完成全部的业务流程，必须有其他的部门和人员参加，并通过其他部门或人员对前面环节的完成情况进行复核检查，形成牵制。

通过不相容职务分离控制，可以全面系统地分析、梳理业务流程中所涉及的不相容职务，实施相应的分离措施，形成各司其职、各负其责、相互制约的工作机制。

（2）授权审批控制

授权模糊，往往给公司管理造成两个极端：一是为寻求工作便利，人员跳过制度束缚，越权处理业务或事项；二是岗位职责模糊，工作相互推诿，工作效率下降。这两种情形都是内部控制的大敌，应尽量避免。

通过授权审批控制，公司可根据常规授权和特别授权的规定，明确各岗位办理业务和事项的权限范围、审批程序和相应责任，并严格控制特别授权，避免管理混乱。

（3）会计系统控制

作为管理信息的主要来源，会计资料的真实完整对管理决策的正确性起着至关重要的作用。

通过会计系统控制，依法设置会计机构，配置专业会计从业人员，严格执行国家统一的会计准则制度，加强会计基础工作，明确会计凭证、会计账簿和财务会计报告的处理程序，保证会计资料真实完整。

（4）资产保护控制

资产安全，尤其是货币资金安全，是实施内部控制的主要目标之一。

通过资产保护控制，建立资产日常管理制度和定期清查制度，监督资产的采购、计量和验收各个环节，采取资产记录、实物保管、定期盘点、账实核对、人员限制接近等措施，确保公司资产安全。

（5）预算控制

预算控制将公司的各种财务及非财务资源通过预算的方式在各部门之间加以分配、控制，以便有效地组织和协调生产经营活动，提高公司的管理水平和经济效益。

预算控制是内部控制的重要组成部分。预算控制，能够帮助公司建立全面预算管理制度，明确各责任单位在预算控制中的职责权限，规范预算的编制、审定、下达和执行程序，强化预算约束。

（6）运营分析控制

任何组织都不可能脱离运营环节空谈发展，为达到发展目标，公司必须防范各种运营风险，保证公司稳健经营。

通过运营分析控制，建立运营情况分析制度，经理层可综合运用生产、购销、投资、筹资、财务等方面的信息，通过因素分析、对比分析、趋势分析等方法，定期开展运营情况分析，发现存在的问题，及时查明原因并加以改进。

（7）绩效考评控制

通过实施绩效考评控制，建立和实施绩效考评制度，科学设置考核指标体系，可对公司内部各责任单位和全体员工的业绩进行定期考核和客观评价，并将考评结果作为员工定薪、职务晋升、评优、降级、调岗、辞退等方面的依据，优化公司管理方式。

2．提高公司价值

除了提升管理水平，良好的内部控制还能够提高公司价值，进一步推动公司发展。

深圳迪博企业风险管理技术有限公司发布的《中国上市公司2008年内部控制白皮书》、《中国上市公司2009年内部控制白皮书》（以下简称《白皮书》）研究结论表明：资本回报率与内部控制水平呈显著的正相关，即内部控制越好的公司资本回报率越高，内部控制的加强有助于提高资本回报率。

资本回报率是判断一个公司利用资本创造回报的指标，也是评价公司绩效的指标，通常用来直观地评价一个公司的价值。资本回报率高，往往是一个公司强健和管理有方的有力证据。

上述研究结论证明，内部控制良好的公司不仅能够产生较高的资本回报率，自身价值得到不断提高，而且随着内部控制的不断加强，公司的资本获利能力也会不断提高。

3．保护管理层及其利益

在公司的发展过程中，管理层作为重要的人力资源，对公司的发展起着重要作用。而良好的内部控制是管理层有效作为的有力证据，实际上起着保护管理层、稳固管理团队的作用。

随着我国监管法规的不断完善和严厉，因为内部控制缺陷而造成企业资产损失的，管理层难辞其咎。根据《中央企业资产损失责任追究暂行办法》的相关规定，相关责任人不仅要承担因企业内部控制存在重大缺陷或者内部控制执行不力等情形造成资产损失的责任，企业分管负责人和企业主要负责人，因企业未建立内部控制管理制度或者内部控制管理制度存在重大缺陷而造成企业重大或者特别重大资产损失的，还要分别承担分管领导责任和重要领导责任。这意味着管理层必须对公司的经营管理和资产安全负责到底。而此前喧嚣一时的“中航油事件”对相关责任人和高层领导的处理结果也已经表明，因为内部控制缺陷导致重大损失的，公司管理层最终要背负沉重的代价。

在“中航油事件”中，陈久霖等 5 名中国航油公司的高官被正式提起控诉，陈久霖面临包括未如实发布消息、涉嫌内幕交易等多项指控，最高将可处以 94 年监禁及 25 万新元的罚款。2006 年 3 月 21 日，新加坡初等法院对陈久霖做出必须服刑 4 年零 3 个月、同时罚款 33.5 万新元的判决。

此外，《白皮书》研究还发现：① 实施股权激励的上市公司整体内部控制水平优于未实施的上市公司；② 内部控制水平与前 3 名董事会成员薪酬总额显著正相关，即前 3 名董事会成员薪酬总额越高，内部控制水平越好。

这说明从保护上市公司管理层职业生涯、声誉、合法收入等切身利益的角度来讲，实施内部控制对公司管理层同样具有重要意义。良好的内部控制，能够不断提升公司的经营绩效，为股东持续创造价值。很多上市公司往往采用股权激励机制，对为公司长期发展和维护股东利益做出突出贡献的管理人员进行奖励，以期管理人员能够更尽职地参与经营决策、分享利润、分担风险。除股权激励外，高管人员通常还能获得较高的薪酬，这更加激励管理人员以更高的标准参与公司管理，从而持续提升公司的内部控制水平。

1.2.2 满足外部监管需要

2010 年 2 月 8 日，证监会召开新闻通气会，通报了创智科技、夏新电子及天健所违反证券法律法规的相关情况。其中，创智科技、夏新电子因涉及违规信息披露等行为，分别被处以40万元和60万元罚款。

证监会有关部门负责人表示，创智科技违法违规行为主要涉及以下几方面情况：① 2004年至2006年的年报中，未如实披露股东湖南华创实业有限公司和大股东湖南创智集团实际为一致行动人的关系；② 未如实披露创智集团与关联方通过第三方付款等多种方式占用创智科技资金情况；③ 未按规定披露创智科技及其子公司2004年和2005年期间对外担保情况。此外，为掩盖资金占用情况，创智科技通过账户处理，将被占用资金部分列为资产及主营业务收入。

另外，有关部门在对夏新电子违法违规案的调查中发现，夏新电子在2006年年度会计报表附注中，未准确披露金额为2.8亿元的商业承兑汇票。同时，夏新电子在2006年度虚增利润4077万元。

证监会还决定对龙泉实业等3家公司及4名个人在证券买卖过程中未按规定披露持股信息的行为做出行政处罚。上述公司及个人在持股超过上市公司已发行股份5%时未履行披露义务，违反了《证券法》第86条的规定。

本新闻实际上已经用事实说明了上市公司因为内部控制失效、公司行为违法违规等原因而造成的资产和声誉损失。上市公司作为一个社会单元，必须履行相应的责任和义务，比如，向消费者提供优质的产品，遵守各种法律法规与监管要求，保证从股东和债权人处所获得的资本的安全并提供合理的回报，向公司的各种利益相关者提供决策所需的相关、可靠信息。为促进上市公司完整履行义务，监管机构势必出台相应的法律、法规和规章，如我们非常熟悉的《公司法》、《会计法》、《证券法》、《企业内部控制基本规范》、《中央企业全面风险管理指引》等，这些法律、法规和规章共同作用，形成了公司经营的准则，上市公司必须按照这些准则参与市场竞争，获取正当收益，履行相应义务，否则必然步创智科技、夏新电子的后尘，受到严厉处罚。

从某种程序上讲，有效的内部控制如同缰绳，当公司这匹骏马恣意驰骋时，它总是能掌控前进的方向和活动范围，避免公司信马由缰、误入歧途。而且，内部控制有效的公司，能够使法制、道德与诚信观念被员工高度认同，使遵纪守法和诚信经营成为一种自觉行为。

内部控制体系构建

构建内部控制体系，公司必须有强大的组织保障，并制定详细的工作纲要，扎扎实实搞好各项准备工作，这是整个内部控制建设工程的基石，只有如此才能保证内部控制体系构建的质量和进度。

公司在发展过程中，已经制定了相当多的规章制度，其中就已经包含内部控制制度的一些方面，同时在各项业务活动中也存在一些控制措施。所以，构建内部控制体系的第一步是对公司当前的内部控制体系进行评估。评估主要有两个作用：一是甄别出公司当前在内部控制方面已经做得相对完善的方面，以总结成功经验，合理调配资源；另一个是对评估过程中暴露出的内部控制方面的薄弱环节，有针对性地进行建设。

内部控制体系构建是一个全方位的工作，既包括公司层面控制体系建设，也包括业务流程层面控制体系建设，只有两个层面的控制体系共同作用，才能形成公司持续发展的“防护网”。

内部控制体系初步建立后，需要通过持续的内部控制维护来保证体系有效运行，公司可以通过教育和培训、内部控制激励约束机制、信息系统等手段进行内部控制维护。

2.1 内部控制体系构建组织保障

内部控制的全面建设、内部控制的持续运行和内部控制的监督职能有效发挥均依赖于公司良好的内部控制环境，而公司治理结构决定了内部控制环境的基调，也为公司内部控制的建设、运行和维护提供了组织和制度基础。《企业内部控制基本规范》要求，公司应当根据国家有关法律法规、部门规章和公司章程的规定，建立规范的公司治理结构和议事规则，明确决策、执行、监督方面的职责权限，形成科学有效的职责分工和制衡机制，这也充分表明了良好的治理结构对公司内部控制的重要意义。公司应以规范治理结构为基础，构建内部控制体系的组织架构，为内部控制建设和运行提供强大的组织保障。

2.1.1 公司治理结构

狭义上讲，公司治理结构（机制）是公司内部通过正式章程，也包括部分交易习惯和文化，形成股东与董事之间、出资人与债权人之间、股东大会/董事会与经理层之间的权利义务结构安排。公司治理的目标是通过建立公司内部约束和外部监督机制，实现股东/公司价值最大化。内部控制目标能否实现很大程度上取决于公司治理结构的有效与否，公司治理结构是各种内部控制制度运行的土壤，没有良好的治理结构，再好的风险控制方法和技术也无法有效施行。《企业内部控制基本规范》明确规定内部控制的建设和有效实施由公司董事会负责，并规定监事会对董事会建立与实施内部控制进行监督，经理层负责组织领导企业内部控制的日常运行。明确董事会、监事会、管理层在内部控制中的各方职责权限是切实发挥公司治理结构作用的体现。

1. 股东大会、董事会、监事会、经理层制衡机制

我国《公司法》、《证券法》、《上市公司治理准则》、《上市公司股东大会规则》、《上市公司章程指引》等对股东大会、董事会、监事会、经理层之间的制衡机制均做出了具体规定。

股东大会由公司全体股东组成，是公司最高权力机关，有权决定公司经营方针和投资计划，选聘公司董事、监事并决定其报酬事项，审议批准董事会、监事会报告，审议批准公司财务预算、决算方案等重大决策和事

项。股东大会决定董事、监事人选并监督其履职。

董事会对股东大会负责，向股东大会报告工作，接受股东大会监督，执行股东大会决议，决定公司计划和投资方案，制定财务预算、决算方案，决定公司内部管理机构设置，决定聘任或解聘公司经理及其报酬事项，并根据经理提名决定聘任或解聘公司副经理、财务负责人及其报酬事项。

监事会对股东大会负责，向股东大会报告工作，接受股东大会监督，依法对董事、高级管理人员执行公司职务的行为进行监督，对违反法律、行政法规、公司章程或股东大会决议的董事、高级管理人员提出罢免建议，要求董事、高级管理人员纠正损害公司利益的行为。

经理层对董事会负责和报告工作，接受董事会、监事会的监督，主持公司日常生产经营管理工作，组织实施董事会决议，拟定公司内部管理机构设置方案，拟定公司基本管理制度，制定具体规章，提请聘任或解聘公司副经理和财务负责人，决定其他管理人选。

股东大会、董事会、监事会、经理层制衡机制确立了我国公司治理的基本结构。从各自职能划分来看，内部控制制度作为公司基本管理制度，应由经理层拟定，董事会批准，并由经理层负责内部控制制度的贯彻执行，董事会、监事会监督内部控制制度的执行情况。

2. 完善公司治理结构的其他措施

2001年8月，证监会发布了《关于在上市公司建立独立董事制度的指导意见》(证监发[2001]102号)，从完善上市公司治理结构，促进上市公司规范运作的目标出发，首次提出上市公司应建立独立董事制度。独立董事又称独立非执行董事，理论上是指除了身份外与公司没有其他任何契约关系的董事。独立董事制度是上市公司治理结构的重要制度安排，推行独立董事制度有利于改善上市公司治理结构，发挥内部制衡机制作用，提高上市公司质量和专业化运作水平；有利于提高董事会决策的科学性，强化董事会的制约机制，保护中小投资者的权益；有利于增加公司信息披露的透明度，督促上市公司规范运作。独立董事有权向董事会提议聘用或解聘会计师事务所，独立聘请外部审计机构和咨询机构，并就提名、任免董事，聘任或解聘高级管理人员及其薪酬事项向上市公司董事会或股东大会发表独立意见。独立董事制度的引入是我国优化上市公司治理结构的重大举措。

2004年1月底，国务院发布的《国务院关于推进资本市场改革开放和稳定发展若干意见》（国发［2004］3号）要求，规范上市公司运作，完善上市公司法人治理结构，按照现代企业制度要求，真正形成权力机构、决策机构、监督机构和经营管理者之间的制衡机制。强化董事和高管人员的诚信责任，进一步完善独立董事制度，建立健全上市公司高管人员的激励约束机制。该文件进一步强调独立董事制度对于完善公司治理结构的重要意义。

2005年10月，国务院批转证监会《关于提高上市公司质量意见的通知》（国发［2005］34号），要求上市公司严格按照《公司法》、外商投资相关法律法规和现代企业制度的要求，完善股东大会、董事会、监事会制度，形成权力机构、决策机构、监督机构与经理层之间权责分明、各司其职、有效制衡、科学决策、协调运作的法人治理结构。股东大会要认真行使法定职权，严格遵守表决事项和表决程序的有关规定，科学民主决策，维护上市公司和股东的合法权益。董事会要对全体股东负责，严格按照法律和公司章程的规定履行职责，把好决策关，加强对公司经理层的激励、监督和约束。要设立以独立董事为主的审计委员会、薪酬与考核委员会并充分发挥其作用。公司全体董事必须勤勉尽责，依法行使职权。监事会要认真发挥好对董事会和经理层的监督作用。经理层要严格执行股东大会和董事会的决定，不断提高公司管理水平和经营业绩。

2006年以来，为切实提高上市公司治理水平，中国证监会开展了上市公司治理专项活动，查找上市公司治理存在的问题，落实相关整改措施。目前，公司治理专项活动已取得了阶段性成果，工作的重点转向公司治理遗留问题的攻坚，相关上市公司整改措施的督促落实。随着公司治理专项活动的深入开展，上市公司规范化运作水平越来越高，客观上也为上市公司推行内部控制提供了良好的内部环境。

中国证监会还特别强调审计委员会在公司内外部监督中的角色和作用，强化审计委员会在外部审计机构聘任、解聘，协调财务报告审计，审议公司财务报告等工作中的履职要求，强化其责任和问责。《企业内部控制基本规范》也明确规定，审计委员会负责审查企业内部控制，监督内部控制的有效实施和内部控制评价情况，协调内部控制审计及其他相关事宜等。

2.1.2 内部控制建设组织机构

内部控制建设是一个系统工程，涉及公司管理变革和流程再造，牵涉各方既得利益的调整，影响全员的权责分配。为了强化董事会的责任，同时确保内部控制建设工作的顺利推进，《企业内部控制基本规范》将内部控制建立健全和有效实施的责任赋予公司董事会，规定由董事会领导公司内部控制建设，并对内部控制建设的成效负责。《企业内部控制基本规范》还要求公司应当成立专门机构或者指定适当的机构具体负责组织协调内部控制的建设实施及日常工作，为内部控制建设提供了组织保障。

内部控制建设不是一件一蹴而就的事情，更不是一项临时性运动，而是通过建立有效的内部控制为公司实现其长期战略目标提供组织、制度和运行保障。在内部控制建设初期，需要有专门的机构负责内部控制的建设和实施，同时，公司需要根据经营环境的变化持续评价内部控制设计和运行的有效性，持续更新和改进，这一工作需要公司成立内部控制建设和实施的专门机构或指定适当的机构具体负责，通常内部控制建设和实施组织机构的职能包括：

- 制定内部控制建设规划、提出总体建设方案，确定内部控制建设的目标、原则；
- 制定内部控制构建和实施具体工作计划，组建内部控制项目团队，组织相关培训工作；
- 按照内部控制要素评价公司整体层面的风险，识别公司高风险的领域，确定内部控制建设的范围和重点，包括业务单元和流程的确定；
- 组织业务单元或业务部门内部控制的设计，识别控制风险，设计控制活动；
- 组织内部控制流程在业务单元或业务部门的推行、测试、优化工作；
- 全面推行内部控制新政策和程序，组织协调内部控制的有效实施；
- 定期、不定期对内部控制设计及运行情况进行自我测评，识别内部控制缺陷，研究、落实相关整改优化措施；
- 组织实施内部控制建设和实施工作的考核评价工作，落实有关奖惩措施。

实务中，组织实施内部控制建设的组织机构通常有多种模式，第一种是成立单独的内部控制职能部门，或隶属于管理层，或直接接受董事会领导，具体负责内部控制建设和实施工作；第二种是将内部控制建设和实施职能赋予公司内部审计机构行使，内部审计机构或隶属于管理层，或直接向董事会报告工作；第三种是将内部控制建设和实施职能划归公司财务部门或战略发展部，对管理层报告工作。

从内部控制建设和实施的效果来看，第一种模式，即单独成立内部控制职能部门，能够为内部控制建设和实施提供充分的资源，保证内部控制建设的专业化和效果，如果直接向董事会报告工作，则更能保证内部控制职能部门的地位和权威，便于协调动员更多公司资源，支持内部控制建设工作；这种模式的缺点是单独成立机构会增加公司成本，一般适合大的企业集团。第二种模式虽然不需要单独成立机构，有利于节约公司成本，但内部审计部门往往承担着内部控制监督评价职能，这与内部控制建设和实施的职能冲突，影响其独立性。第三种模式，虽然可以节约成本，且不存在职能角色冲突的问题，但会带来职责不清、责任落实困难等问题。因此总体上看，不设置专职专岗，不适应内部控制专业化建设的需要，造成内部控制建设缺乏强有力的组织机构保障，内部控制建设和实施的力度将会大打折扣。

2.2 内部控制体系构建计划

凡事预则立，不预则废。构建内部控制体系是一个系统工程，为保证各项工作按既定的程序开展，并且使实施效果达到预期目标，上市公司必须制定详尽的内部控制体系构建计划，明确项目的总体目标、工作阶段、节点成果、资源投入等。完善的内部控制构建计划一般由三个大的阶段组成：准备阶段、实施阶段、报告阶段。

2.2.1 准备阶段

准备阶段的主要工作包括成立内部控制项目组织，进行工作动员，落实资源配备，制定项目实施计划和培训计划。

1. 成立内部控制项目组织

由于建立内部控制是一项程序复杂、量大面广的工作，专业性要求很高，一般需要聘请中介机构协助完成。利用中介机构广阔的行业知识背景、丰富的内部控制建设经验，可以对公司推进内部控制建设起到事半功倍的作用。

为落实内部控制项目各项具体工作，必须尽快成立项目组织。项目组织分项目领导小组、项目工作小组和业务模块小组三个层面，图 2-1 和表 2-1 分别对各小组的人员组成及职责分工进行了明确。项目领导小组应由拥有足够权威和经验的人员构成，一般由公司董事长或总裁挂帅担任项目领导小组组长，分管副总裁担任副组长，其他领导人员和部门负责人担任小组成员。项目工作小组成员由公司和中介机构成员联合组成，公司人员包括项目归口管理部门人员和其他业务部门人员。在选择项目工作小组成员时，应遵循以下原则：在公司服务年限较长，熟知所在部门业务，了解其中主要风险所在，能够提供改进措施建议。工作小组内部应按照公司业务模块继续细分，如细分为专门负责市场开发模块的小组和专门负责财务模块的小组等。除固定的工作组成员外，公司还应在相关职能部门（单位）指派专门人员与工作小组成员对接，负责协调本部门（单位）的内部控制工作。

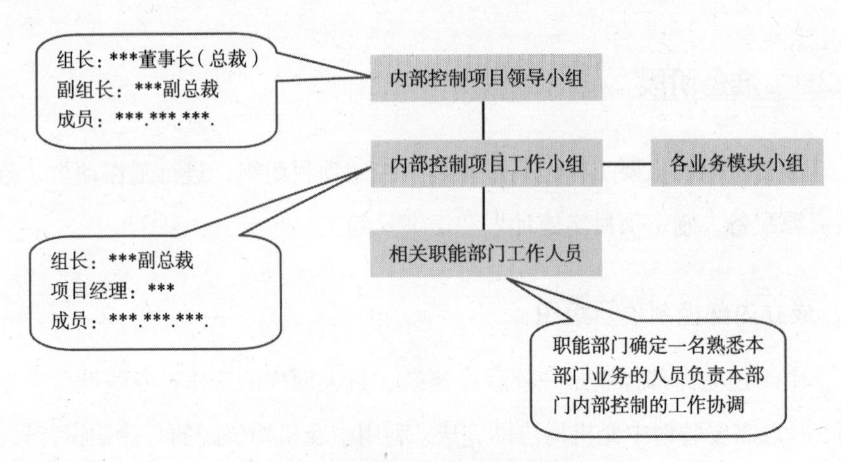

图 2-1　**公司内部控制项目组织架构

表 2-1　内部控制项目组织职责

组　别	成　员	具体负责人	职　责
领导小组	***董事长（总裁）、***副总裁等其他领导班子成员	***	总体负责内部控制项目；方案决策；协调组织内外资源，保证项目顺利实施；任命工作小组负责人；其他有关项目全局性、方向性工作的事宜
工作小组	***副总裁、其他成员	***	在领导小组的领导下开展工作，制定内部控制的工作规范和标准；主导项目的实施推进方向；实施培训；提供技术解决方案；协助建立内部监督机制等
业务模块小组	工作小组成员	***	收集归纳业务流程、制度；对内部控制情况进行介绍；确认风险评估结果，制定风险解决方案和内部控制缺陷改进措施；编写手册报告

2. 进行工作动员

进行工作动员，目的是在公司内部营造积极的内部控制建设氛围，进一步提升全员的参与意识，减小实施阶段工作阻力。

召开工作动员大会是进行工作动员的有效方式。工作动员大会可以保证工作动员的受众范围，必要时公司还可以利用信息化手段召开电话会议、视频会议，便于无法参加现场会议的单位和个人参与会议。在会议上，项目领导小组可集中宣传贯彻项目实施的背景、意义、主要工作阶段、归口部门的权责及其他人员的义务等，增强各级人员对开展内部控制建设的认同感。

配合动员大会，公司还可以利用标语宣传、内部网络宣传、下达通知等方式创造氛围，以在最大范围内调动全员的工作积极性。

3. 落实资源配置

落实资源配置是保障性工作，公司可根据项目涉及范围及项目复杂程度来确定资源配置，要尽可能地为项目实施提供支持。资源配置主要包括人力、物力和财力资源配置，其中人力资源配置除按照内部控制项目组织要求指派人员外，还应保证指派的人员有足够的时间和精力参与内部控制建设和维护；物力资源通常指办公场所、办公设施的提供；财力资源方面应重点关注项目经费预算，预算应该在有效成本控制的基础上适度保持弹性，确保项目目标实现。

4. 制定项目实施计划和培训计划

项目实施计划和培训计划应以项目整体规划为指导，层层分解并最终实现。项目实施计划应涵盖如下工作：公司内部控制体系现状评估，公司层面控制体系建设，业务流程层面控制体系建设，公司层面重大风险的全流程管理等。工作小组应根据各项工作的复杂性与重要性，合理调配时间与人力。特别是在进行业务模块小组划分时，还应根据工作小组成员的知识背景、专长、经验进行划分，确保用正确的人做正确的事。为保证工作的连贯性，一般在各业务模块工作完成前尽量不调整责任人。表 2-2 是某公司准备阶段的计划表。

培训应贯穿项目始终，为项目推进提供智力支持。有效的培训计划应根据项目的开展阶段和培训对象的不同进行主题调整，以保证培训的效果。在确定培训计划前，项目工作小组成员之间应充分沟通，使全体成员都了解培训主题、培训对象和培训目的。公司应提前下发培训通知，要求相关人员进行准备。当条件允许时，公司还可以进行培训需求摸底调查，从而了解培训需求，突出培训重点。

5. 项目准备阶段培训

在项目准备阶段，培训内容主要集中于对相关政策、规范、标准等内容的解读，公司培训的内容一般包括企业内部控制规范体系（《企业内部控制基本规范》、《企业内部控制应用指引》、《企业内部控制评价指引》、《企业内部控制审计指引》），上海、深圳证券交易所的《上市公司内部控制指引》，央企上市公司还应培训《中央企业全面风险管理指引》内容。同时，公司还可以根据行业特点及行业监管要求选择性进行相关内容培训，例如，针对银行业的《商业银行内部控制指引》，针对保险业的《保险公司内部控制制度建设指导原则》、《保险中介机构内部控制指引（试行）》、《寿险公司内部控制评价办法（试行）》，针对证券业的《关于加强期货经纪公司内部控制的指导原则》、《证券投资基金管理公司企业内部控制指导意见》、《证券公司内部控制指引》等。表 2-3 是项目各阶段的培训方案表。

表 2-2 准备阶段计划

项目阶段	工作内容	工作要点	具体实施方式	文档	启动时间	结束时间	中介机构项目组	公司项目组	
							责任人	责任部门	责任人
1. 准备阶段	1.1 成立内部控制项目组织	1.1.1 成立项目领导小组	确定公司领导小组成员，并正式发布任命公告	项目组成立任命文件	20**/**/**	20**/**/**	***	**部	***
		1.1.2 成立项目工作组	确定公司项目组成员、各部门联络员、中介机构项目组成员名单，并正式发布任命公告		20**/**/**	20**/**/**	***	**部	***
		1.1.3 业务模块小组划分	根据工作小组成员的知识背景、专长、经验，结合公司业务模块划分		20**/**/**	20**/**/**	***	**部	***
	1.2 工作动员	召开项目动员大会	1．在公司范围内召开动员大会，推动全员对建立内部控制的认同，进一步完善内部环境 2．进一步明确项目组成员工作职责，确保项目顺利高效开展	会议纪要	20**/**/**	20**/**/**	***	**部	***
	1.3 落实资源配备	落实各种办公资源	提出办公环境、办公设施要求，做好项目开工准备		20**/**/**	20**/**/**	***	**部	***
	1.4 确定项目实施计划和培训计划	1.4.1 编制内部控制体系建设整体规划	编制内部控制体系建设整体规划，明确内部控制体系建设的阶段、时间和目标等	内部控制体系建设整体规划	20**/**/**	20**/**/**	***	**部	***

续表

项目阶段	工作内容	工作要点	具体实施方式	文档	启动时间	结束时间	中介机构项目组	公司项目组	
							责任人	责任部门	责任人
		1.4.2 确定项目实施计划	确定实施各阶段的工作任务、时间进度、工作成果等	项目实施计划	20**/**/**	20**/**/**	***	**部	***
		1.4.3 制定项目培训计划	确定各阶段培训内容、培训对象、培训目标等	项目培训计划	20**/**/**	20**/**/**	***	**部	***
	1.5 项目准备阶段培训	组织培训并确保项目成员理解本项目实施背景及相关政策	对相关人员包括中高级管理人员、项目组成员和关键岗位人员进行培训，主要培训内容为：企业内部控制规范体系、《中央企业全面风险管理指引》（央企上市公司）、项目实施的流程和方法等	培训大纲/培训材料	20**/**/**	20**/**/**	***	**部	***

表 2-3　项目整体培训方案

项目阶段	培训课程	主要内容	预计培训时间	接受培训人员
准备阶段	企业内部控制规范体系 行业监管要求	— 内部控制基础知识 — 相关案例	20**/**/**	***、***、***
实施阶段	项目管理基础知识培训	— 项目管理实施的具体流程和方法	20**/**/**	***、***、***
	内部控制建设基础知识培训	— 风险的类别及识别的方法 — 风险评估的方法 — 各类文档编制规范	20**/**/**	***、***、***
报告阶段	报告基础知识培训	— 各种报告的模板、标准、要素	20**/**/**	***、***、***

2.2.2 实施阶段

项目实施阶段是内部控制体系建设的落脚点，因此该阶段的计划应注重适用性和可操作性，计划应明确实施阶段的主要工作步骤、各步骤人力与时间投入、工作成果要求和相关责任人等，以保证项目实施的质量。

如前所述，项目实施阶段的主要工作包括公司内部控制现状评估、公司层面控制体系建设、业务流程层面控制体系建设、公司层面重大风险的全流程管理。表 2-4 是按上述工作步骤制定的一份项目实施阶段计划表。

2.2.3 报告阶段

报告阶段的主要工作任务是总结和提炼项目实施阶段工作内容，总结项目经验。公司应按照相关要求及时准备报告阶段所需材料，合理安排工作期限和负责人员。表 2-5 是某公司内部控制项目报告阶段计划。

必须认识到，再详尽、再完美的计划也只能通过有效执行才能体现出价值。因此，公司必须严格按照既定的计划开展各项具体工作，并灵活处理实施过程中遇到的各类突发或意外事件，当出现工作进程滞后于计划时，项目负责人应与相关责任人及时沟通，采取有效补救措施或调整原计划中不合理之处，以确保项目按计划顺利实施，并如期高质量完成。

表 2-4　内部控制项目实施阶段计划

项目阶段	工作内容	工作要点	具体实施方式	文档	启动时间	结束时间	中介机构项目组	公司项目组	
							责任人	责任部门	责任人
2. 实施阶段	2.1 公司内部控制现状评估	评估目前内部控制的合理性和存在的缺陷	结合内部控制五要素，评估内部控制与风险管理能力成熟度水平	公司内部控制现状评估报告	20**/**/**	20**/**/**	***	**部	***
	2.2 公司层面控制体系建设	2.2.1 公司层面控制机制建设	1. 建立健全内部控制组织体系 2. 培育风险管理文化 3. 完善内部控制制度与规范 4. 建设信息系统	内部控制制度与规范					
		2.2.2 公司层面风险识别与评估	根据公司的战略目标，进行内外部环境分析，识别公司层面的重大风险		20**/**/**	20**/**/**	***	**部	***
		2.2.3 建立公司层面重大风险库	根据公司层面风险分类分级结果、风险描述、风险动因、风险影响、公司和同行业历史损失事件，建立公司层面风险库	公司层面风险库	20**/**/**	20**/**/**	***	**部	***
		2.2.4 编制公司层面重大风险分布图	评估公司层面重大风险并进行排序，编制风险地图	风险地图	20**/**/**	20**/**/**	***	**部	***
	2.3 流程层面控制体系建设	2.3.1 梳理并建立内部控制制度和流程体系	1. 规范并建立公司内部控制制度 2. 按业务模块，搭建公司业务的一级、二级和末级流程，并进行	流程目录、流程图、流程说明	20**/**/**	20**/**/**	***	**部	***

续表

项目阶段	工作内容	工作要点	具体实施方式	文档	启动时间	结束时间	中介机构项目组	公司项目组	
							责任人	责任部门	责任人
			制度与流程的匹配 3. 对现有流程文件进行整理，输出现有流程文件清单 4. 访谈业务岗位人员，了解业务实际操作流程，并编制流程图与流程说明						
		2.3.2 识别、评估流程风险、评价控制措施的有效性	1. 根据行业标准与公司实际，确定具体业务流程的控制目标 2. 根据已确定的目标，确定影响目标实现的风险，实现目标与风险的有效对应，结合已绘制的流程文件寻找隐藏风险的业务活动节点，确定关键控制点 3. 针对特定的目标和风险，评价各关键控制点控制措施有效性	RCM 文档	20**/**/**	20**/**/**	***	**部	***
	2.4 公司层面重大风险的全流程管理	实现公司层面重大风险的流程化管理	结合公司层面重大风险的发生原因，实现风险与业务流程的对应	公司层面重大风险解决方案	20**/**/**	20**/**/**	***	**部	***

表 2-5　内部控制项目报告阶段计划

项目阶段	工作内容	工作要点	具体实施方式	文　档	启动时间	结束时间	中介机构项目组	公司项目组	
							责 任 人	责任部门	责任人
3. 报告阶段	3.1 出具工作报告	按相应规范和标准编写各项工作报告	1、结合公司实际情况、按内部控制五要素编写《**公司内部控制手册》 2、根据公司建立与实施内部控制的有效性，编写《**公司内部控制评价报告》	《**公司内部控制手册》和《**公司内部控制评价报告》	20**/**/**	20**/**/**	***	**部	***

2.3 内部控制现状评估

在具体实施内部控制体系构建之前，项目负责人应借助各种手段收集信息，对公司的内部控制现状进行评估，了解公司内部控制的真实状况。评估公司内部控制现状的基本目标：一是识别公司内部控制的薄弱环节和这些薄弱环节对公司影响的程度，二是根据评估结果有针对性地开展内部控制建设工作。

进行评估，自然就应该有相应的评估标准，即用什么来衡量公司内部控制现状。实质上，标准往往与目标联系紧密。例如，公司如果是在美国上市，那评估的标准就是COSO《内部控制——整合框架》；如果是在国内上市，评估标准就是《企业内部控制基本规范》及其配套指引；如果是在其他国家或地区上市，评估标准就是上市地的相关监管要求。

本书将以《企业内部控制基本规范》为例，以内部环境、风险评估、控制活动、信息与沟通、内部监督五要素为评价纬度，介绍公司进行内部控制现状评估时的关注要点。

2.3.1 内部环境

内部环境是建立内部控制体系的基础，是有效实施内部控制与风险管理的保障，直接影响内部控制的执行、公司战略与经营目标的实现。内部环境一般包括治理结构、组织机构、权利责任分配、内部审计、人力资源政策、企业文化等内容，这些内容是评估内部环境的主要关注点。

1．治理结构

治理结构主要应关注：

- 公司是否建立有股东会、董事会、监事会并制定相应的议事规则；
- 各层面的地位、职责与任务如何；
- 能否形成有效的分工和制衡机制。

2．组织机构

组织机构主要应关注：

- 公司的组织机构是否与公司经营业务的性质相匹配；
- 组织机构是否有利于信息的上传、下达和各业务活动间的流动；
- 是否设置有完善的内部控制组织体系。

3．权利责任分配

权利责任分配主要应关注：

- 是否根据公司的目标、经营职能和监管要求分配职责和授权；
- 决策的责任与其授权和职责是否相互对应；
- 是否存在岗位描述，包括具体的与控制有关的责任的表述。

4．内部审计

内部审计主要应关注：

- 审计人员是否具备相应的资质和执业能力，包括公司审计人员数量、专业能力和组织结构、经费预算等方面给予的保障等；
- 审计部门在公司的地位及与董事会、审计委员会的沟通。

5. 人力资源政策

人力资源政策主要应关注：

- 公司是否制定有适当的与招聘、培训、晋升和薪酬相关的政策与程序；
- 员工是否清楚自己的职责和目标，公司是否存在违规行为的纠正措施和程序。

6. 企业文化

企业文化主要应关注：

- 管理层是否向员工传达了诚信与道德价值观，并良好地带头遵循；
- 在与利益相关者交往时，是否采用了高的道德标准；
- 对违反政策和道德标准的情况是否制定有适当的纠正措施和程序；
- 对干预和逾越既定控制的行为，管理层态度如何；
- 公司对实现绩效目标的渴望和压力是否足够；
- 公司的风险管理理念和风险偏好是否与战略匹配；
- 关键岗位队伍变动情况；
- 管理层对财务报告的态度和行动是保守还是激进；
- 公司管理层之间是否有足够的交流。

2.3.2 风险评估

风险评估是及时识别、科学分析影响公司目标实现的各种不确定因素并制定解决方案的过程，是实施内部控制的重要环节。风险评估应按照目标设定、风险识别、风险分析和风险应对等程序进行。

1. 目标设定

目标设定主要应关注：

- 设定战略目标的流程是否完善，战略支持规划是否存在；
- 战略目标分解是否科学，战略目标设定后的沟通是否足够，对实现战略目标的风险估算是否可靠；
- 经营目标与战略目标是否一致，能否适应特定的经营、行业和经济环境，为实现经营目标而配置的资源是否适当；
- 报告目标是否严谨；
- 合规目标是否被无折扣地执行；
- 资产安全目标是否能支持公司日常经营活动的效率，以防止资产缩水。

2. 风险识别

风险识别主要应关注：

- 风险识别过程中是否遵循了目标导向原则；
- 风险识别流程及活动指引是否适当；
- 是否规范地进行输出记录；
- 风险识别技术是否科学；
- 风险库是否完整并进行了及时更新。

3. 风险分析

风险分析主要应关注：

- 风险分析技术是否恰当、科学；

- 度量单位和标准是否统一；
- 是否获得了足够的流程、指引、策划、执行、评估和资源支持；
- 参与评估的人员机构和专业能力能否满足相关要求。

4．风险应对

风险应对主要应关注：

- 风险应对策略是否建立在充分的风险评估基础上；
- 风险应对策略是否可行；
- 风险应对策略能否将剩余风险控制在公司的可承受度内；
- 风险应对策略是否符合成本效益原则；
- 风险应对组合方案的建立、评估、决策方法和技术是否先进。

2.3.3 控制活动

控制活动是公司根据风险评估的结果，采取相应的控制措施，将风险控制在可承受度内，控制活动是落实风险评估结果的基本手段。控制活动分布于公司各项业务流程之中，贯穿整个生产经营过程。因此，评价公司控制活动的有效性应当关注：

- 公司的每一项业务活动是否都有必要和恰当的政策和程序；
- 已确定的流程及控制行为是否得到恰当的执行，包括：规定的流程和控制程序是否已实施，是否被正确地按照设计意图执行；出现例外或发生需要跟踪的情况时，是否采取了恰当、及时的措施；监督人员是否有审核流程和控制行为的职能等。

2.3.4 信息与沟通

信息与沟通是识别和获得公司经营管理所需的信息，并及时地进行传递，以便员工更好地履行职责。有效的信息沟通不仅应保证公司获得信息，还应该保证信息在公司内部和外部有序地流动。

评估公司信息与沟通的有效性应当关注：

- 公司能否及时获得内外部信息，各种信息的收集人员、收集方式、传递程序、报告途径和加工与处理要求是否明确；
- 各级管理人员能否及时获得履行其职责所需的内外部信息，并根据级别不同确定信息的详细程度不同；
- 信息沟通机制是否完善，各种信息能否在内外部顺畅流通；
- 是否有明确的部门对信息管理进行总体规划；
- 公司的信息化建设程度如何；
- 信息系统是否与经营管理相适应；
- 内部控制流程是否与信息系统有机结合。

2.3.5 内部监督

内部监督是对公司内部控制建立与实施情况进行监督检查，以评价内部控制的有效性，发现内部控制缺陷。内部监督是整个内部控制体系不可或缺的部分，评估公司内部监督的有效性应重点关注：

- 是否建立了内部监督的组织机构；

- 是否根据风险评估的结果区分设置日常监督与专项监督，日常监督与专项监督的范围和频率是否明确；
- 是否明确了内部控制评价的内容和范围；
- 是否制定有适当的内部控制评价程序和方法；
- 是否制定有明确的内部控制缺陷的认定标准，缺陷评价方法是否可行；
- 是否生成了规范的内部监督记录文档。

尽管上述关注重点是围绕《企业内部控制基本规范》的五要素展开的，但由于《企业内部控制基本规范》的内部控制框架与COSO《内部控制——整合框架》、《企业风险管理——整合框架》一脉相承，在技术方面也相似相通，因此本章内容对在美上市公司而言也具有借鉴意义。

2.4 内部控制体系构建工作

在内部控制体系构建工作中，将会出现各种具体方法和规范的操作流程，并输出一系列逻辑严密的文档和工作报告，这些方法、流程、文档与工作报告将成为公司维护和改进内部控制体系的规范和依据。

在构建过程中，公司的工作将深入业务活动层面，通过识别具体业务的控制目标，辨识和评估影响目标实现的各种风险，进行风险与控制措施的配比，查找控制缺陷，实现“目标—风险—控制”的一一对应。如图2-2所示。

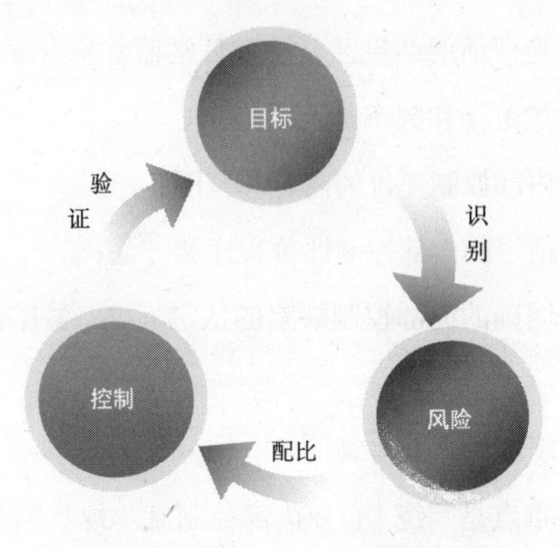

图 2-2　目标、风险、控制对应关系

2.4.1　公司层面控制体系建设

公司层面的控制体系建设包括两方面工作：公司层面控制机制建设和公司层面风险评估。控制机制建设是实施内部控制的基石，通过控制机制建设确保公司内部各个领域存在适当、有效的控制；公司层面风险评估是公司层面控制体系建设的具体手段，公司应借助各种方法识别、评估公司层面风险并制定科学合理的应对策略。

1．公司层面控制机制建设

公司层面控制机制建设包括建立健全内部控制组织体系、培育风险管理文化、完善内部控制制度与规范、信息系统控制建设。

（1）建立健全内部控制组织体系

完善的内部控制组织体系，应能确保以下事项：公司管理层能及时获得适当信息；全体员工能共同参与内部控制建设，共担内部控制建设责任；

各层级、各部门、各岗位的内部控制职责应明确。

公司内部控制组织体系是在较高层次权力机构（一般为董事会）的领导下，涵盖决策、管理、执行、监督四个层次的组织架构，如图 2-3 所示。

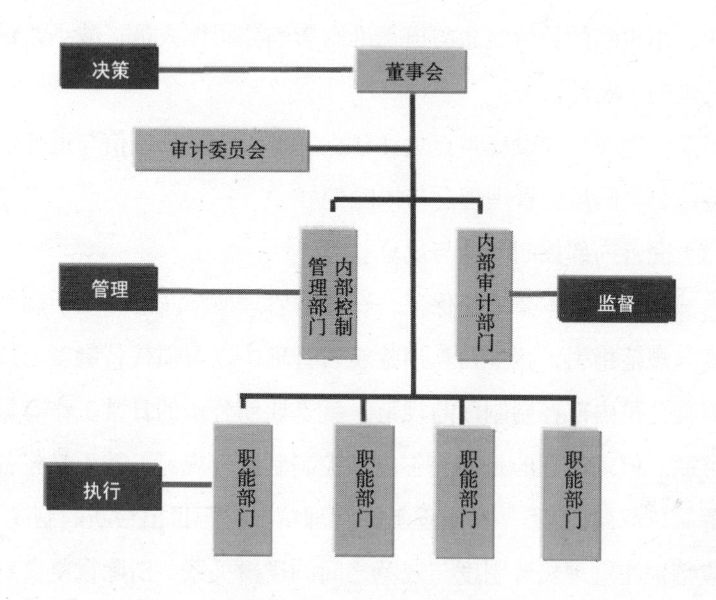

图 2-3　内部控制组织架构

其中，董事会负责内部控制的建立健全和有效实施，内部控制与审计委员会负责审查公司内部控制情况，内部控制管理部门负责组织实施公司内部控制工作，内部审计部门（或授权的相关部门）负责监督内部控制的有效实施与评价情况，各职能部门负责落实与内部控制有关的各项具体工作。公司可结合业务特点和内部控制要求灵活设置内部控制管理和监督部门。

（2）培育风险管理文化

风险管理文化是内部环境的重要组成要素。良好的风险管理文化能够帮助全体员工树立正确的内部控制和风险管理理念，使内部控制在员工内获得高度认同，达到助推公司内部控制建设工作、减小工作开展阻力的目的。同时，由于内部控制存在固有局限，无法避免差错和串通舞弊给公司造成的损失，因此，在实施内部控制建设时，必须配套建设良好的风险管理文化，用正确的价值观念与道德准则影响公司体人员，减小差错和串通舞弊发生的可能性。

风险管理文化建设应重点关注建立并推行全员的诚信与道德价值观规范，传达公司的风险管理理念与风险偏好。

（3）完善内部控制制度与规范

内部控制的基本要求是保证公司经营管理所涉及的各项活动都有相应的制度与规范指引，减少乃至消除经营管理中以习惯代替制度与规范的现象。完善公司内部控制制度与规范，就是要使公司的日常工作有据可依、有章可循。值得注意的是，完善内部控制制度与规范，并不是将各种制度与规范简单罗列，也不是在出现新的管理情况时盲目出台新的制度与规范，公司应特别注重理顺各制度与规范之间的逻辑关系，清除重复、对立的内容。毕竟，指令不清、权责不明、逻辑混乱的制度与规范有时甚至比制度与规范缺失给公司带来的风险更大。

通常，公司的内部控制制度与规范应包括如下内容：

- 公司的内部管理文件，包括公司章程及股东会、董事会、监事会议事规则，权限分配指引，员工道德行为规范，机构设置与职责说明书等；
- 具体业务管理办法和作业流程；
- 差错或舞弊现象纠正与处理办法。

（4）信息系统控制建设

公司应运用信息技术加强内部控制，建立与经营管理相适应的信息系统，达到内部控制流程与信息系统的有机结合，实现对业务和事项的自动控制，减少乃至消除人为操纵因素。

信息系统控制建设包括总体控制和应用控制两方面内容的建设。

第一，总体控制。信息系统总体控制又称为一般控制，适用于企业在信息技术的开发、实施、运行、维护及管理等方面的控制，它可以更好地保护企业的信息资产，提高信息系统对业务的支撑力度，增强企业信息系统的运行效力。信息系统总体控制通常包括控制环境、信息安全、项目建设管理、项目验收管理、信息系统日常运行和维护、信息技术标准管理等方面。

第二，应用控制。信息系统应用控制包括应用软件中的信息化步骤及用以控制不同种类交易处理的相关手工操作程序。这些控制结合在一起，可以保证系统中的财务和其他信息的安全性、完整性、准确性和有效性。信息系统应用控制包括输入控制、输出控制、处理控制、访问控制、职责分离等方面。

信息系统总体控制和应用控制是相互关联的。信息系统总体控制是应用系统控制的基础，应用系统控制依赖于信息系统总体控制，信息系统总体控制和应用控制共同保证信息处理的完整性和准确性。

2. 公司层面风险评估

（1）目标

公司层面风险评估的目标是：

- 识别影响公司战略目标实现的内外部风险，建立风险库；

• 进行风险评估、排序，并编制风险地图。

（2）工作步骤

公司层面风险评估的工作步骤包括风险识别和风险评估。

① 风险识别。进行公司层面的风险识别时，应围绕公司的战略目标展开。战略目标是公司发展方向的最高指引，公司层面的风险主要指可能对实现战略目标产生不利影响的不确定因素。公司层面风险识别主要有：存在哪些影响战略目标实现的风险；引起风险的主要原因是什么；这些风险对战略目标的影响程度如何；这些风险分散在哪些业务模块。

风险识别应围绕战略目标，通过对公司内外部环境分析，识别风险因素。

进行内部环境分析应当关注的因素包括：董事、监事、经理及其他高级管理人员的职业操守，员工专业胜任能力等人力资源因素；组织机构、经营方式、资产管理、业务流程等管理因素；研究开发、技术投入、信息技术运用等自主创新因素；财务状况、经营成果、现金流量等财务因素；营运安全、员工健康、环境保护等安全环保因素。

外部环境分析应当关注的因素包括：经济形势、产业政策、融资环境、市场竞争、资源供给等经济因素；法律法规、监管要求等法律因素；安全稳定、文化传统、社会信用、教育水平、消费者行为等社会因素；技术进步、工艺改进等科学技术因素；自然灾害、环境状况等自然环境因素。

识别公司层面风险时可以采用的方法很多，如价值链、问卷调查、实地调研、访谈、专题讨论、风险清单、事项树、财务状况分析、流程图等。公司可以根据实际情况采用某种单一的方法，也可以组合使用。下面是对几种常用方法的简要介绍。

A. 价值链

价值链是哈佛大学商学院教授迈克尔·波特于 1985 年提出的，迈克尔·波特认为，公司的价值创造是通过一系列活动构成的，这些活动可分为基本性增值活动和辅助性增值活动两类，这些互不相同但又相互关联的生产经营活动，构成了一个创造价值的动态过程，即价值链。

价值链的基本观点是，在公司众多的“价值活动”中，并不是每一个环节都创造价值。公司所创造的价值，实际上来自价值链上的某些特定的经营活动，这些真正创造价值的经营活动，就是价值链的“战略环节”。从内部控制的角度讲，价值链法突出的优点是既可以通过这些“战略环节”较为全面地识别出公司层面的重大风险，又可以实现风险与业务模块的有效对应。

通常，位于价值链顶端的是战略管理；第二阶层为基本性增值活动，如市场开发、投资管理、生产经营管理等；第三阶层为辅助性增值活动，如人力资源管理、财务管理、法律事务管理等。根据这些活动在价值链中的层级，其对应风险的层级也基本明了了。

B. 问卷调查

问卷调查法是通过设计一系列与风险识别相关的问题，将被调查者的思维集中于可能引起或已经引起风险的内外部因素上。问卷调查可视具体需要设计封闭或开放的回答方式。比如，在调查公司面临的主要风险类别时，就可以设计封闭式回答方式，把答案限定在“战略风险”、“财务风险”、“市场风险”、“运营风险”、“法律风险”等选项间；而在调查各种风险产生的原因时，开放式的作答方式显然更能帮助调查员获得完整的信息。

问卷调查法是一种效率较高的风险识别方法，特别是在调查面广、时间紧张的情况下，该方法能帮助调查员快速获得所需要的信息。但是，问卷设计工作的要求非常高，问卷要具有较强的针对性，在被调查者的管理层级、业务领域不同时，还应设计侧重点不同的问卷。

C．实地调研

由于是深入现场进行调查，实地调研法能够获得第一手资料。调查员通过直接与现场人员接触或现场抽查等方式收集资料，不仅可以保证资料的真实完整，而且可以用自己的职业经验把控调研的方向、深度和广度。同时，与现场人员面对面的交流与沟通也是一次宣传贯彻内部控制理念，强化被调研人员风险意识的好机会，有益于双方建立良好的关系，使接下来的工作获得足够的支持。

实地调研的缺点是耗费时间长，成本高。所以选用该方法时应科学确定使用范围，通常在关键业务领域或业务环节的风险识别上采用本方法。

D．访谈

采用该方法时，访谈员应提前获取被访者的职位、背景和职责等信息，根据访谈目标设计访谈提纲，并确保被访者在访谈开始前已阅读了访谈提纲和其他有关的背景信息。

进行访谈时，访谈员应配有同事完整记录访谈内容，并在访谈结束后按照访谈内容的内在逻辑整理成纪要，以此作为风险识别的依据。

E．专题讨论

专题讨论是将具有交叉职能或多层级的人员聚集在一起，利用集体智慧描述出公司面临的风险清单。专题讨论的好处是能克服个人思维和能力的局限，较为全面地识别出风险，而且结果是参与讨论人员所一致认可的，可以有效避免后期工作中因意见不统一而造成的操作障碍。

但是在专题讨论过程中，因为参与人员风险意识和风险偏好的差别，可能会对风险识别的结果争执不下，从而降低讨论效率。因此，在讨论前，要制定讨论的规则，确定参与者的人数；在讨论时，可选用有经验或具备一定权威的人主持会议，并强调讨论的目标和期望，以提高讨论效率。

F．风险清单

风险清单是指列示某个特定行业或领域所共有的潜在风险的清单，公司应比照清单上的每一项内容对比自身是否存在类似问题并进行回答。

风险清单法能够快速地帮助公司识别最基本的风险，特别是在缺乏内部控制实践经验的情况下，该方法还可以有效降低公司遗漏重大风险的可能性。但是由于列举的是行业共性风险，风险清单无法列出符合公司实际的特殊风险，还存在一定的局限性。

G．事项树

事项树是一种图表，用来表示所有可能发生的风险事件。它由一些节点和连线组成，每个节点表示某一具体事件，连线用于解释事件之间的特定关系。

事项树法实质上是一种从结果倒推原因的逻辑分析方法，主要通过层级分解查找各种引起风险的原因，并识别最重要的某项或多项风险。事项树法最大的特点是不拘于定量或定性分析形式。

H．财务状况分析

财务状况分析主要从资产负债表、利润表和现金流量表入手，分析各主要项目面临的风险。以资产负债表为例：现金项目可能有现金坐支、银行存款被挪用的情况；存货可能存在入库、出库不登记，账实不符的情况；短期负债可能存在无法到期偿还本息，造成破产风险的情况。通过对这些重要项目的分析，公司可以快速、客观地查找出财务风险。

由于财务报表容易获得，采用此方法进行风险识别可以节约公司大量的时间和精力，而且识别结果也容易得到认可。但是该方法适用范围有限，一般用来识别财务风险。

I. 流程图

对于公司内部而言，流程图就是用直观图形来描述跨部门、跨岗位的工作流转的过程。流程图不仅能够帮助公司查找出风险，而且能够将风险对应到具体环节和岗位，从而有利于公司建立风险控制点。

流程图分析有静态与动态两种分析方法。静态分析法着眼于各个环节，逐一分析其中潜在的风险；动态分析法强调用联系的眼光看待各个环节，分析各个环节之间的相互影响，最终识别出流程中最关键的环节和对应的风险。

最后，将通过各种方法识别出来的公司层面的风险经过筛选、整理，分类分级后形成风险库。需要指出的是，风险库的维护是一个持续的动态过程。随着公司的发展和内外部环境的变化，现阶段对公司产生影响的风险可能会逐步消除，而新的风险会不断产生，因此，公司应结合实际需要，定期进行风险库更新，确保建立的风险库能对公司的经营管理起到真正的指导作用，帮助公司识别并规避经营过程中的“暗礁”，表2-6是某公司建立的风险库。

表 2-6　风险库示例

风险编号	一级风险	二级风险	风险事件	风险动因	风险影响	历史损失事件	
						公司	行业
10101	战略类	投资管理风险	公司缺乏项目投资效果的阶段性评价机制，可能对项目实施过程中的风险识别不足，无法及时做出调整，影响项目投资效果	缺乏足够的人力保障项目的阶段性评价；没有具体的制度和流程指导阶段性评价	由于投资项目缺少阶段性评价机制，可能导致有些风险较大的项目无法得到及时控制，而导致风险敞口的拉大，甚至项目的投资失败	***	***
		***风险	***	***	***	***	***
…	…	…	…	…	…	…	…
***	***	***	***	***	***	***	***

② 风险评估。对于已经识别出来的公司层面风险，必须采用一定的方法对风险发生的可能性和对战略目标的影响程度进行评估，并据此进行风险排序，为公司管理层制定风险管理策略提供决策依据。

描述风险发生的可能性和对战略目标的影响程度有定性和定量两种方法。定性方法是直接用文字描述风险发生可能性的高低、风险对战略目标的影响程度，如“极低”、“低”、“中等”、“高”、“极高”等。定量方法是用具有实际意义的数量来描述风险发生可能性的高低、风险对目标的影响程度，例如，对风险发生可能性的高低用概率来表示，对战略目标影响程度用损失金额来表示。定性的方法有问卷调查、实地调研、访谈、专题讨论、专家咨询等；定量的方法有概率技术（风险模型、损失事项评估和事后检验）、非概率技术（敏感性分析、情景分析、压力测试）等。表 2-7 分别用定量和定性方法描述了风险发生的可能性，表 2-8 则分别用定量和定性、定量与定性结合的方法描述了风险影响程度。

表 2-7　风险发生可能性

定量方法一	评　分	1	2	3	4	5
定量方法二	一定时期发生的概率	10%以下	10% ~ 30%	30% ~ 70%	70% ~ 90%	90%以上
定性方法	文字描述一	极低	低	中等	高	极高
	文字描述二	一般情况下不会发生	极少情况下才发生	某些情况下发生	较多情况下发生	常常会发生
	文字描述三	今后 10 年内发生的可能少于 1 次	今后 5 ~ 10 年内可能发生 1 次	今后 2 ~ 5 年内可能发生 1 次	今后 1 年内可能发生 1 次	今后 1 年内至少发生 1 次

表 2-8 风险影响程度

定量方法一	评分		1	2	3	4	5
定量方法二	企业财务损失占税前利润的百分比		1%以下	1%～5%	6%～10%	11%～20%	20%以上
定性方法	文字描述一		极轻微的	轻微的	中等的	重大的	灾难性的
	文字描述二		极低	低	中等	高	极高
	文字描述三	企业日常运行	不受影响	轻度影响（造成轻微的人身伤害，情况立刻受到控制）	中度影响（造成一定人身伤害，需要医疗救援，情况需要外部支持才能得到控制）	严重影响（企业失去一些业务能力，造成严重人身伤害，情况失控，但无致命影响）	重大影响（重大业务失误，造成重大人身伤亡，情况失控，给企业致命影响）
		财务损失	较低的财务损失	轻微的财务损失	中等的财务损失	重大的财务损失	极大的财务损失
		企业声誉	负面消息在企业内部流传，企业声誉没有受损	负面消息在当地局部流传，对企业声誉造成轻微损害	负面消息在某区域流传，对企业声誉造成中等损害	负面消息在全国各地流传，对企业声誉造成重大损害	负面消息流传世界各地，政府或监管机构进行调查，引起公众关注，对企业声誉造成无法弥补的损害
定性与定量结合	安全		短暂影响职工或公民的健康	严重影响一位职工或公民健康	严重影响多位职工或公民健康	导致一位职工或公民死亡	引致多位职工或公民死亡

续表

	营　运	• 对营运影响微弱 • 在时间、人力或成本方面不超出预算 1%	• 对营运影响轻微 • 受到监管者责难 • 在时间、人力或成本方面超出预算 1%～5%	• 减慢营业运作 • 受到法规惩罚或被罚款等 • 在时间、人力或成本方面超出预算 6%～10%	• 无法达到部分营运目标或关键业绩指标 • 受到监管者的限制 • 在时间、人力或成本方面超出预算 11%～20%	• 无法达到所有的营运目标或关键业绩指标 • 违规操作使业务受到中止 • 时间、人力或成本方面超出预算 20%
	环　境	• 对环境或社会造成短暂的影响 • 可不采取行动	• 对环境或社会造成一定的影响 • 应通知政府有关部门	• 对环境造成中等影响 • 需要一定时间才能恢复 • 出现个别投诉事件 • 应执行一定程度的补救措施	• 造成主要环境损害 • 需要相当长的时间来恢复 • 大规模的公众投诉 • 应执行重大的补救措施	• 无法弥补的灾难性环境损害 • 激起公众的愤怒 • 潜在的大规模的公众法律投诉

在风险评估时，即便提供了统一的评估纬度和评估标准，但由于评估人员存在管理层级、所负责业务领域、风险意识、风险偏好等因素的差异，也往往造成评估结果比较离散。如果无法对评估结果达成统一认识，也就无法为管理层制定风险管理策略提供科学合理的依据，内部控制工作也将偏离风险导向，达不到应有效果。因此必须利用适当的方法解决这一棘手问题。德尔菲法便是实际中常用的一种方法。

德尔菲法是指按照系统的程序，通过匿名发表意见的方式，即专家（评估人员）之间不互相讨论，不发生横向联系，只与调查员发生联系，多轮次地听取专家对所提问题的看法，并经过反复征询、归纳、修改，最后汇总成所有专家基本一致的看法。

采用德尔菲法进行风险评估的主要步骤如下：

第一，组成专家小组。按照风险评估所需要的知识范围，甄选专家，确定专家人数。专家人数的多少，可视评估工作的复杂程度而定。

第二，向所有专家提出风险评估工作的有关要求，并附上有关问题的所有背景材料。然后，由专家书面答复，答复内容包括风险发生的可能性、对战略目标的影响程度、原因、依据等。

第三，调查员将专家第一次意见汇总，列成图表，进行对比，再分发给各位专家，让其比较自己同他人的不同意见，并加以修改。也可以把专家的意见加以整理，请身份更高的其他专家进行评论，然后把这些意见再分送给各位专家，供他们参考后修改自己的意见。

第四，调查员将所有专家的修改意见收集起来，汇总，再次分发给各位专家，进行第二次修改。逐轮收集意见并向专家反馈信息是德尔菲法的主要环节。收集意见和信息反馈一般要经过三、四轮。在向专家进行信息反馈的时候，只给出各种意见，并不说明各种意见的专家的具体身份。这一过程重复进行，直到所有专家都不再改变自己的意见为止。

第五，对专家的意见进行综合处理，得出一致评估结论。

可以看出，德尔菲法的主要优点：一是能充分发挥专家的作用，集思广益，准确性高；二是能把专家意见的分歧点表达出来，取各家之长，避各家之短。缺点是该过程复杂，耗费时间长。

（3）风险地图

对风险评估的结果形成一致意见后，公司应根据风险评估的结果进行风险排序，绘制风险地图。风险地图编制原理类似于数学象限，是以风险发生的可能性和对目标的影响程度为坐标两极，按对应的级别将风险排列在相应的分布区域内。风险地图的优点是能清晰直观地描述出哪些风险是重要的，哪些风险是不重要的，从而帮助管理层确定风险管理的优先顺序和策略。图2-4是某公司绘制的风险地图。

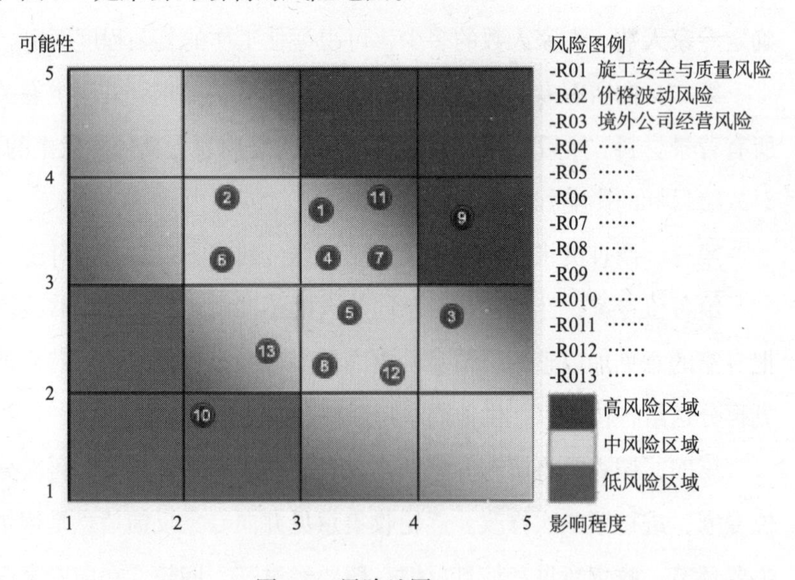

图2-4 风险地图

（4）风险应对策略

风险评估结束后，公司还应结合风险偏好和风险可承受度制定适当的风险应对策略。公司可综合运用风险规避、风险降低、风险分担和风险承受等风险应对策略，实现对风险的有效控制。

例如，某公司有并购其他公司的意向，经过前期调研和论证后得知，公司对于并购后的市场、研发、财务、新产品推广、文化融合等方面缺乏足够的把控和整合能力，并购风险极高，因此，该公司最终采取风险规避策略取消了并购计划。

2.4.2 业务流程层面控制体系建设

1. 工作目标

业务流程层面控制体系建设的工作目标包括：

- 识别、评估影响控制目标实现的风险；
- 识别控制措施，进行风险与控制措施配比，确认剩余风险是否在公司风险可承受范围内，并进行缺陷改进。

2. 工作步骤

业务流程层面控制体系建设的工作步骤包括搭建流程体系框架，绘制流程图与流程说明，目标—风险—控制对应。

（1）搭建流程体系框架

业务流程层面控制体系建设的基础工作是建立公司业务的流程体系框架。之所以要搭建公司业务的流程体系框架，是因为内部控制体系不是独

架。之所以要搭建公司业务的流程体系框架，是因为内部控制体系不是独立于公司业务体系之外的一套“孤岛”系统，而是嵌于公司经营管理的过程之中的，公司的所有风险都不可能脱离业务独立存在。建立内部控制体系、有效管控风险一定是从业务出发并回归到业务之中。流程体系框架实际上是对公司现有业务的分类分级描述，完整的流程体系框架，是进行风险识别时的“望远镜”，能够帮助相关人员查看风险全景视图。图 2-5 为某公司的流程体系框架图。

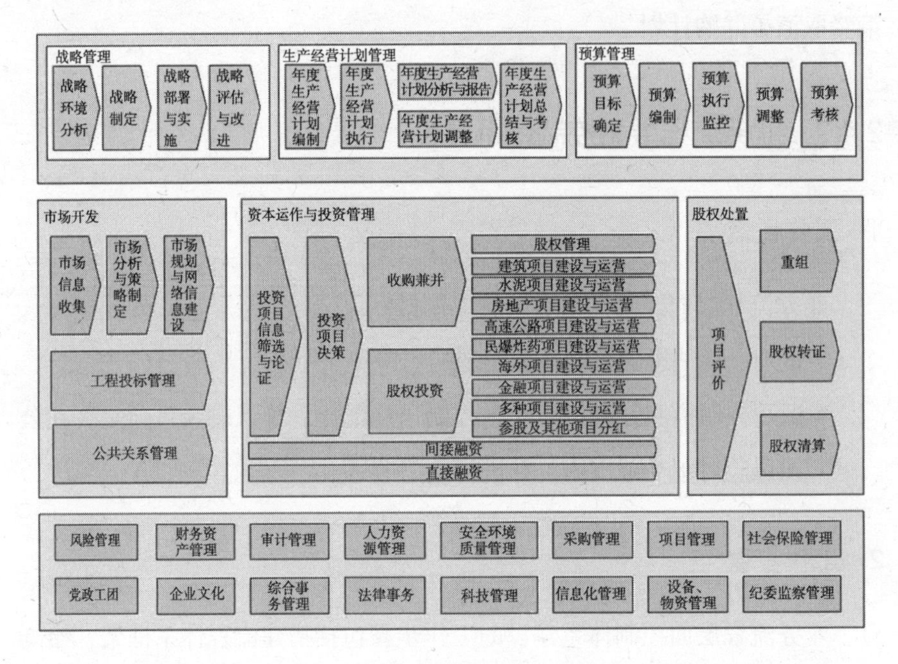

图 2-5　某公司流程体系框架图

搭建公司业务流程体系框架，需要将业务流程细化分级和识别关键业务流程。① 流程细化分级，即把流程从粗到细、从宏观到微观进行分解。通常，公司的业务流程可以分为三级（公司可根据实际需要继续细分）。

图 2-6 为某公司业务流程细化分级图。

- 一级流程：通常是端到端流程，这些流程涉及若干部门，是某项业务的全程闭环，并包含诸多局部流程，如“人力资源管理”。
- 二级流程：通常指业务领域流程，如“人力资源管理”下面的“人事管理”、“薪酬福利管理”、“培训管理”等流程。
- 三级流程：通常是具体业务流程，是对二级流程的继续细分，如“招聘实施流程”、“人员入职流程”、“人员解职与离职流程”等。

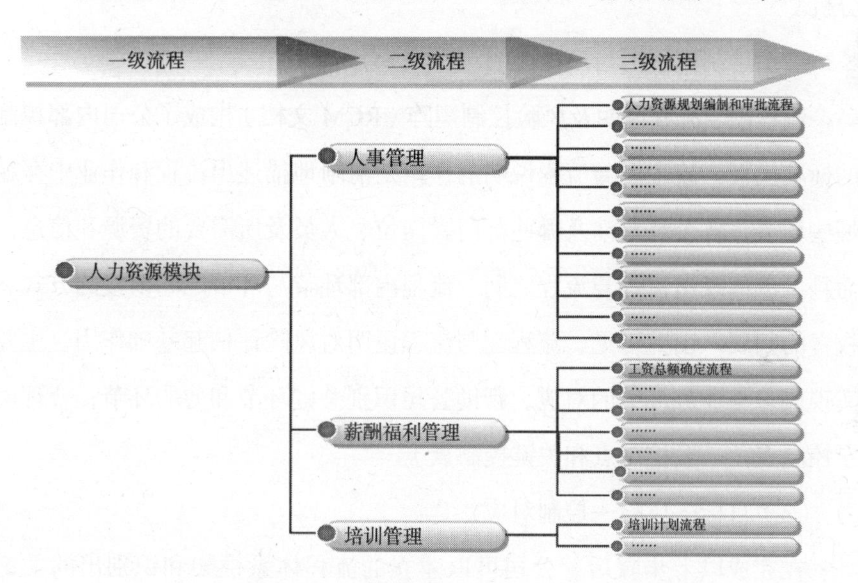

图 2-6　某公司业务流程细化分级图

② 识别关键业务流程。尽管流程体系框架为公司提供了风险宏观视野，但进行业务流程层面的风险识别必须宏观着眼、微观着手。因此，建立流程体系框架后，还应结合公司战略、行业特征、业务模式和公司发展的具体阶段等因素，在总体业务框架范围内识别关键的业务流程。关键业务流程的判断依据包括：

- 流程包含客户可见的活动；
- 流程包含出现问题和投诉最多的活动；
- 流程包含回报率最高的活动；
- 流程包含占用资源量最多的活动；
- 流程包含与核心业务相关的活动。

关键业务流程的识别不存在唯一的准则或方法，公司可具体问题具体分析。

（2）绘制流程图与流程说明

流程图、流程说明及风险控制矩阵（RCM 文档）构成了公司内部控制的标准模板。流程图与流程说明的作用是清晰地描述出流程和作业中存在哪些环节，各个环节涉及哪些部门、岗位、人员及所需要的资源和信息，而且可以体现出流程与流程之间、流程内部环节与环节之间衔接的方式和权责的归属。由此可见，流程图与流程说明对风险评估起基础作用，主要实现风险与业务环节的对应，帮助公司识别关键环节和薄弱环节，合理确定控制点（一般控制点和关键控制点）。

（3）目标—风险—控制对应

在完成以上步骤后，公司可以建立的流程体系框架和识别出的关键业务流程为指导，按图索骥，进行业务流程层面的风险识别。前面我们提到过“目标—风险—控制”的对应关系，具体到业务流程层面的内部控制体系建立，就是指识别具体业务的控制目标，查找影响控制目标实现的风险（不确定因素），进行控制措施与风险的配比，判定是否存在控制缺陷。

控制目标描述业务流程要达到的效率效果，是流程目标的分解和支撑。

这里要注意区分流程目标与控制目标，简单地讲，流程目标好比终点，告诉我们最终“到哪里去”，控制目标就是路途中的各个站点，告诉我们路“怎么走”。要想顺利达到终点，首先应按路线到达各站点，只有正确地经停了这些站点，顺利到达终点才有保障。

控制目标识别应当把握的一个原则是控制目标要与流程阶段相匹配。控制目标既要避免大而空，也不能过于琐碎。控制目标识别是否准确将直接影响对控制措施能否有效控制风险的判断，进而影响缺陷识别。

以存货管理流程为例，其流程目标一般可以这样描述：通过对存货的规范管理，确保存货被完整地保存和使用，保障公司资产安全。根据流程目标与流程阶段，控制目标可以描述成：① 确保库存产品分类准确，并有专人保管分发；② 确保发货数量、质量满足各部门（各单位）需要。

在公司层面风险评估中，我们介绍了一系列的风险识别方法，这些方法在进行业务流程层面的风险识别时同样适用。同样以存货管理为例，与控制目标对应的风险可以表述成：① 库存产品保管不规范，分类混乱，导致无法有序盘点和发出存货；② 发出货品不符合相应需要，调换或重购动作降低工作效率，增加经营成本。

实际中，控制目标与风险的关系往往不会表现为示例中的一一对应关系，导致目标不能实现的风险有时候可以分解成多个风险，即一个控制目标对应多个风险。因此在识别风险时，公司应尽可能拓宽思维，追求风险因素识别的全面性。

内部控制的核心工作就是要根据风险评估的结果，依照风险应对策略采取相应的控制措施，将风险控制在可承受范围之内。承接上文的存货管理案例，如表 2-9 所示，相对应的控制措施通常包括但不限于以下方面。

表 2-9　目标—风险—控制对应表示例

编号	控制目标	风险编号	风险描述	控制编号	控制措施描述
01	确保库存产品分类准确，并有专人保管分发	R01	库存产品保管不规范、分类混乱，导致无法有序盘点和发出存货	C01	存货的存放和管理指定专人负责并进行分类编目，入库存货记入存货卡片，并详细标明存放地点
				C02	存货管理部门对入库的存货建立存货明细账，详细登记存货类别、编号、名称、规格型号、数量、计量单位等内容，并定期与财会部门就存货品种、数量、金额等进行核对。
02	确保发货数量、质量满足各部门（各单位）需要	R02	发出货品不符合相应需要，调换或重购行为降低工作效率、增加经营成本	C03	公司制定有明确的发出存货程序，责任人负责及时核对申领票据凭证，确保其与存货品名、规格、型号、数量、价格一致
03	确保存货账实相符	R03	货品账实不符，导致公司资产损失	C02	存货管理部门对入库的存货建立存货明细账，详细登记存货类别、编号、名称、规格型号、数量、计量单位等内容，并定期与财会部门就存货品种、数量、金额等进行核对
				C04	财会部门加强与仓储部门经常性账实核对工作，避免出现将已入库存货不入账或已发出存货不销账的情形
				C05	公司制定有详细的盘点计划，合理安排人员、有序摆放存货、保持盘点记录的完整，及时处理盘盈、盘亏，对于特殊存货，可以聘请专家采用特定方法进行盘点

值得注意的是，不仅风险与控制目标不会表现为简单的一一对应关系，风险与控制措施也是多重映射关系。一个风险可能需要多重控制措施（共同控制或补充控制）配套实施才能有效把控，一个控制措施也可以对多个风险起到控制作用。

控制措施与控制目标和识别的业务流程层面风险进行配比时，包含两个层面的工作：

① 识别公司业务流程中正在采用的控制措施，并与流程责任人一起探讨，记录控制措施有效性的相关信息；

② 评价公司运营现状，记录不能实现控制目标的控制缺陷，为测试工作做准备。

2.4.3 公司层面重大风险的全流程管理

通过前面章节的介绍，我们已经了解到风险也应当分类分级，公司层面的风险通常在第一、二个层级内，这类风险的共同特点是过于宏观，如果宏观风险宏观解决，则制定的控制措施难以直指症结所在，而且缺乏可操作性。因此，必须把公司层面的风险降解到具体的业务流程中，实现公司层面风险与业务流程层面风险的对接，达到公司层面风险全流程管理的目的。

以投资风险为例，通常与之相关的流程包括投资决策流程、投资实施流程、投资后评价流程和投资处置流程。根据风险识别和评估结果，投资决策流程的风险包括：

① 投资缺乏长期规划指导，可能影响公司长期目标的实现；

② 投资立项决策审批不充分、不规范，无法确保投资符合公司发展规划；

③ 投资项目与主业或战略规划相互偏离，造成资源分散，影响主业持续、稳健增长；

④ 没有使用科学和合理的方法进行分析，无法确保分析结果的合理性；

⑤ 投资项目违反公司制度或法律法规，可能影响公司目标的实现，或导致公司受到处罚。这样，投资风险就具体化了。不仅如此，公司还应继续将这种传导模式深化，衍生成公司层面风险—业务流程—业务流程层面风险—业务流程层面风险控制措施，完成目标—风险—控制的循环。

2.4.4 工作报告

作为阶段工作的总结，在公司层面控制体系建设、业务流程层面控制体系建设、公司层面重大风险的全流程管理这三个主要工作阶段结束后，公司应出具相应的工作报告。一般而言，报告主要由《内部控制手册》和《内部控制评价报告》构成。

《内部控制手册》以内部环境、风险评估、控制活动、信息与沟通和内部监督五要素为主线，阐述公司建立内部控制的关注重点。通常，内部环境应包括治理结构、机构设置及权责分配、内部审计、人力资源政策、企业文化等内容；风险评估应围绕战略目标、经营目标、报告目标、合规性目标、资产安全目标确定风险评估的范围，描述风险评估的基本程序，识别、评估公司层面与业务流程层面风险；控制活动则描述针对公司层面与业务流程层面风险实施的控制措施和存在的缺陷，并记录风险控制文档；信息与沟通需重点关注信息的收集与传递机制，以及公司的内部控制信息系统建设；内部监督应按照日常监督和专项监督的结果，揭示存在的内部控制缺陷并加以改进。

此外,《企业内部控制基本规范》、《企业内部控制评价指引》均明确要求，企业应当定期对内部控制的有效性进行评价，根据评价结果，结合内部控制评价工作底稿和内部控制缺陷汇总表等资料，按照规定的程序和要求，及时编制内部控制评价报告并对外披露或报送。内部控制评价报告应当分别按照内部环境、风险评估、控制活动、信息与沟通、内部监督等要素进行设计，对内部控制评价过程、内部控制缺陷认定及整改情况、内部控制有效性的结论等相关内容做出披露。

2.5 内部控制维护

很多人认为内部控制只是“锦上添花”的事情，而有些自负的管理者更是认为，他们在内部控制方面的“无为而治”也很有效，他们靠道德素养和人格魅力一样实现公司的战略目标;他们把内部控制理解成管理手册、流程图，认为内部控制是装点门面用的；他们认为内部控制建设更多的是设计完美的政策、程序，是监管机构的监管需要，而不是公司风险管理的需要；他们认为内部控制是约束大多数被管理者的，而管理者很多时候可以凌驾于内部控制制度之上。在这样的错误观念之下，内部控制建设即使形式上再完美，也是失败的，只能是对资源的巨大浪费。国内外很多公司经营失败，不是因为没有完整的内部控制体系，而是因为内部控制没有有效运行。当前，尽管内部控制的理念和观点已为不少国内企业熟悉和接受，但内部控制体系构建往往还停留在单纯的建章建制上，在实际执行中面临诸多挑战，距离内部控制理念真正根植于心，在执行内部控制方面自觉行动还有很长的一段路要走。因此，内部控制有效运行除需要良好的治理结构、强有力的组织保障外，还需要良好的运行维护。内部控制运行维护通常包括教育和培训、激励约束机制、信息系统建设等。公司推行内部控制体系应强化培训，强化责任追究，强化激励奖惩机制，强化内外部监督，为内部控制运行提供坚强的制度保障。

2.5.1 教育和培训

公司推行内部控制会面临各种挑战，这种以风险为导向的内部控制管理政策，首先遇到的是来自传统管理观念的挑战。传统管理观念认为在没有出现风险损失事件之前，内部控制是有效的，无须进行调整，新的以风险为导向的内部控制理念对很多已形成的传统管理观念形成了冲击，这就需要公司加强风险管理文化的教育，特别是让公司最高管理层接受新的内部控制标准，并全力支持推进内部控制变革。内部控制变革会涉及部分管理岗位的既得利益调整，利益调整的涉及方往往以影响效率为由拒绝接受新的内部控制要求，对此，一方面应加强对特别岗位人员的宣传教育，另一方面也需要切实关注新的内部控制要求可能带来的效率问题，平衡好提升控制水平和兼顾效率的关系。内部控制推行还应加强诚信教育，提升员工道德水准，塑造公司诚信文化，使全体员工笃信“有法必依”的信条，摒弃可能存在的重人情、轻规则的不良公司文化。

内部控制的构建和实施需要全员全过程参与，需要全体员工具备风险管理的相关知识，能够理解各业务流程，识别各环节控制风险，从而确定最佳控制实践，这就需要强化对全体员工内部控制技术的培训。前面我们提到过，在着手构建内部控制体系前，公司应制定完备的培训计划，明确在工作进行的不同阶段、针对不同的人员开展有针对性的培训。培训可以采取多种方式，包括：借助信息系统构建企业内部控制技术知识平台，为员工提供学习交流的渠道；举办各类培训班，有针对性地开展面授培训工作；组织内部控制研讨会，分享交流风险管理知识。培训应按照培训对象的不同，分级、分类组织实施。对董事、监事和高级管理人员等公司治理层和管理层，应着重强化内部控制和风险管理理念的培训；对内部控制建设和实施的职能机构人员及内部控制监督评价职能机构的人员，应重点培训内部控制的技术，介绍最佳控制实践；对各业务部门人员，应培训一般的内部控制技术，并重点培训有关业务流程各控制环节和关键控制点的政策和程序。

2.5.2 激励约束机制

内部控制推行和有效实施离不开行之有效的激励约束机制，公司需要制定内部控制考核评价机制，完善责任追究机制，切实落实问责机制。

公司应将内部控制建设和实施纳入业绩考核评价体系，内部控制考核评价可以采取定量评价与定性评价相结合的方式。定量评价可以借鉴《中央企业财务内部控制评价工作指引》，按照具体计分标准、评价指标权重和评价模型，对控制设计的健全性、合理性、执行的有效性进行百分制的定量加权。定量分析法的关键是确定各指标合理的计分标准和权重。公司根据定量评估的结果，结合内部控制工作组织情况、各部门配合情况、内部控制缺陷报告情况及严重程度和影响等内容定性分析，综合评定公司各业务单元、职能部门的内部控制建设和运行情况，并将考核评价结果单独作为考评项目，或合并到业绩考核综合指标体系中，并据此对管理层等进行考核评定。

公司应建立健全内部控制责任追究机制，对内部控制监督评价中发现的内部控制设计和运行缺陷，按照严重程度和影响追究相关责任人的责任，必要时采取行政或经济手段的惩罚措施。责任认定和惩戒措施应该公开透明，以便于公正操作和发挥警示作用。

公司应密切跟踪和监控内部控制缺陷整改情况，包括评价整改措施是否合理得当，整改措施是否及时落实，整改效果是否达到预期，整改不力或消极应对的行为是否及时得到纠正等。

2.5.3 信息系统建设

内部控制体系构建是一个系统工程，内部控制政策和程序覆盖企业经营的方方面面，并在企业经营过程中持续动态地发挥作用，内部控制的有效离不开每个业务流程、每个控制环节、每个控制点对设定控制程序不折不扣的执行。传统的手工控制在新的风险控制机制下常常带来效率问题，同时手工控制也会导致执行的疏漏或受人为因素的干扰，公司有必要强化信息技术在内部控制中的应用，或引入程序化自动控制，或对手工控制电子化，以消除内部控制执行的偏差。另外，内部控制信息化建设可以为内部控制的信息传递与沟通带来便捷，便于及时识别控制缺陷和对外报告。因此，公司应重视内部控制信息化建设，为内部控制运行提供技术保障。

企业内部控制信息化建设需从两个层面着手：一个层面是内部控制措施由传统的人工控制向信息系统自动化控制方式转变，主要通过 ERP、OA、CRM、SRM、KM 等业务系统固化企业业务流程，确保重要业务流程关键控制行之有效；另一层面是建立内部控制体系建设和运行维护工作的协作信息平台，主要通过体系建设、事前防范、事中监控、事后监督等功能模块实现内部控制体系建设和日常持续运行维护。

目前大多数企业第一层面的内部控制信息化程度都还比较低，为满足内部控制合规和企业自身发展的需要，企业应合理规划第一层面的内部控制信息化建设，同时还应尽快实现第二层面的内部控制信息化，即建立内部控制协作信息平台。借助内部控制协作信息平台，可以促进企业的内部控制实现以下转变：① 从以事后监督为主的控制，向以事前防范、事中监控为主，以事后监督为辅的控制的转变；② 从以会计人员为主的会计控制向全员参与的全面控制的转变；③ 从信息沟通不畅到信息实时共享的转变。

总体来说，企业内部控制信息化建设应当抓好上述两个层面的建设，通过第一个层面提供第二个层面的数据实现，通过第二个层面推进、完善第一个层面的建设工作。

内部控制评价

按照《企业内部控制评价指引》的定义，内部控制评价是指企业董事会或类似决策机构（以下简称董事会）对内部控制的有效性进行全面评价、形成评价结论、出具评价报告的过程。这个定义明确了内部控制评价的主体是董事会，这与董事会在内部控制中的责任一致。内部控制评价要求对内部控制有效性进行全面评价，即对公司全面内部控制进行评价，这与内部控制审计范围存在差异，目前，内部控制审计的范围限定在与财务报告相关的内部控制。与内部控制的定义一样，内部控制评价也被定义为“过程”，体现了内部控制评价持续、动态的属性。实施内部控制评价应遵循“全面性、重要性、客观性”的原则。全面性要求评价工作应当包括内部控制的设计与运行，涵盖公司及其所属单位的各种业务和事项；重要性要求评价工作应当在全面评价的基础上，关注重要业务事项和高风险领域；客观性要求评价工作应当准确地揭示经营管理的风险状况，如实反映内部控制设计与运行的有效性。

3.1 内部控制评价组织

由于内部控制评价是董事会的责任，董事会应该负责组织整个内部控制评价工作，包括主持制定公司自身适用的内部控制评价办法，组建内部控制评价机构，组织实施内部控制评价工作，分析评价内部控制发现的缺陷，组织调查内部控制缺陷责任，制定内部控制缺陷整改措施并监督落实。公司应当根据《企业内部控制评价指引》，结合内部控制设计与运行的实际情况，制定具体的内部控制评价办法，规定评价的原则、内容、程序、方法和报告形式等，明确相关机构或岗位的职责权限，落实责任制，按照规定的办法、程序和要求，有序开展内部控制评价工作。

3.1.1 成立内部控制评价机构

公司董事会应当考虑组建内部控制评价机构，或者授权内部审计机构或其他专门机构具体负责内部控制评价工作。为确保内部控制评价机构的独立性，内部控制评价机构应直接向董事会和审计委员会报告工作。内部控制评价机构的岗位职责权限应清晰，相关责任应明确。公司应从岗位设置、资源配置、职责权限等方面对内部评价机构给予支持和保障。

3.1.2 制定内部控制评价工作总体方案

有效地开展内部控制评价工作离不开事先的详尽规划，公司内部控制评价机构应当拟订评价工作总体方案，明确评价主体范围、工作任务、人员组织、进度安排和费用预算等相关内容，评价工作方案应坚持风险导向理念，应确定需要重点关注并纳入评价范围的高风险业务单元、重要业务领域或业务流程。内部控制评价工作方案经内部控制评价机构负责人签署后报董事会批准后实施。

3.1.3 组建内部控制评价工作组

公司内部控制评价机构应当根据经批准的内部控制评价总体方案，组建内部控制评价工作组，具体实施内部控制评价工作。由于内部控制评价实质上是公司的一次内部控制自检，不涉及外部审计机构的独立审计，因此评价人员主要来自公司内部。评价工作组通常由内部评价专门机构或内部审计部门人员组成，同时应当吸收公司内部相关机构熟悉情况的业务骨干参加，包括公司管理部门、采购部门、生产部门、销售部门、研发部门、战略和投资部门、财务部门、人力资源部门、信息系统部门等熟悉业务和控制流程的业务骨干。评价工作组成员应具有专业胜任能力，内部控制评价机构应组织外部内部控制技术专家，对内部控制评价机构人员及评价工作组成员进行相关技能培训。这一阶段工作的培训包括两个层面：一为技术培训，包括样本量的选取、技术手段、结果记录等；二为沟通培训，在评价人员查找出缺陷后，就这些缺陷与控制措施的负责人员或流程责任人沟通，对缺陷的认定和影响达成共识。除了正式和定期的培训外，评价机构人员及评价工作组成员还应根据测试阶段工作中出现的新情况及时沟通，灵活解决各种实践问题。为保证内部控制评价工作的有效性，评价工作组成员应包括一定数量的内部控制技术专家，必要时引入外部内部控制专家参加评价工作组。

除了考虑评价人员的工作胜任能力外，评价人员的独立性也是进行人员安排时一个应重点考虑的因素。评价工作组成员应具有相对独立性，对所在部门的内部控制评价工作应当实行回避制度。因为当出现评价人员对所在部门与本人相关的控制措施进行测试，或对与其存在利益关系的人员的控制措施进行评价时，可能会出现评价结果不客观的情况。因此最佳实践是交叉检查。尽量做到评价人员与被检测部门独立，上一轮次的评价人员与本轮次评价人员不同。

3.1.4 开展内部控制评价组织协调工作

1．制定内部控制评价工作表

公司应根据内部控制评价整体工作方案，制定适合公司特点的内部控制评价工作表（以下简称工作表），用于指导内部控制具体评价工作。工作表应根据评价对象、评价内容和评价标准从公司层面和业务流程层面分别设计，涵盖内部控制设计的评价和内部控制运行有效性测试两大核心内容。公司可以将企业内部控制框架，以及普遍适用或行业通行的公司层面和业务流程层面的控制目标及对应的控制活动纳入工作表，作为公司评价内部控制设计的参照。工作表还应包括记录公司自身的控制活动，以便于在评价内部控制设计时与参照的内部控制标准进行比较，分析判断和识别内部控制设计的缺陷。工作表还应包括控制活动运行有效性测试的工作记录。

2. 组织召开内部控制评价启动会议

内部控制评价工作离不开各业务职能部门、分公司和子公司，以及全体员工的配合，内部控制评价工作开始前，内部控制评价机构应该组织召开内部控制评价项目的启动会议，参会人员除内部控制评价人员外，还应包括评价范围内各相关部门、单位的负责人、相关配合人员等，启动会议应由公司主要领导主持召开，并就内部控制评价的工作计划、评价范围、时间表、相关准备、配合工作等与被评价单位进行充分沟通，听取被评价单位的意见，必要时就相关工作安排做出必要的调整。

3. 协调、监控内部控制评价的实施工作

内部控制评价机构应对评价工作组内部控制评价工作进行全过程监督，监督评价工作开展情况，协调处理评价工作中出现的问题，就内部控制缺陷认定给予必要的技术指导，并就相关认定的分歧进行初步裁决，及时跟踪反馈评价工作中的问题等。

4．组织分析评价结果，提交评价报告

内部控制评价机构应组织评价工作中的内部控制专家对内部控制评价发现的内部控制设计缺陷和运行缺陷进行分析，确定其影响，研究整改的方案和计划，及时形成内部控制评价报告并报告给董事会。

5．总结内部控制评价工作，落实相关整改方案

内部控制评价机构应及时总结内部控制评价工作，包括总结评价工作本身的经验和不足及发现的内部控制缺陷。内部控制评价机构还应协调相关部门落实董事会批准的内部控制缺陷整改方案，及时跟进和监督整改落实情况。

3.2 内部控制评价范围和内容

3.2.1 内部控制评价范围

按照《企业内部控制评价指引》的全面性原则要求，公司内部控制评价工作应当包括内部控制的设计与运行，涵盖公司及其所属单位的各种业务和事项。因此内部控制评价的范围应当包括公司适用的已发布的所有内部控制应用指引所规范的业务和事项，包括公司依据《企业内部控制基本规范》和《企业内部控制应用指引》制定的各项控制制度的设立合理性和运行有效性。公司内部控制的全面性评价要求并不意味着公司可以不分重点，相反，全面性评价应坚持重要性原则，应在全面评价的基础上，重点关注重要业务事项和高风险领域，即内部控制评价应点面结合，既考虑评价的全面性，也要突出评价的重点。通常应将公司总部、重要子公司、主要业务单元纳入内部控制评价的范围，并应确保纳入评价范围公司的比例能够足以支持对内部控制评价形成的评价结论。确定内部控制评价范围时公司应考虑以下因素：

- 资产总额、业务收入总额占集团公司资产总额和合并营业收入比例较高的子公司或业务单元；
- 特殊行业（如金融行业）、特殊业务模型的子公司或业务单元；
- 公开发行证券的子公司，或其他涉及广泛公众利益的子公司或业务单元；
- 国家法律、法规有特殊管制要求或监管要求的子公司或业务单元；
- 年度内发生重大诉讼、大额资产损失、管理失效或管理层舞弊的子公司或业务单元；
- 已识别的有高风险领域的子公司，或评价人员职业判断需纳入评价范围的子公司或业务单元；
- 其他确定内部控制评价范围应考虑的因素。

3.2.2 内部控制评价内容

公司内部控制评价的内容应包括内部环境、风险评估、控制活动、信息与沟通、内部监督等内部控制要素，围绕“目标—风险—控制”来展开，对内部控制的设计和运行进行全面评价。

（1）内部环境

内部环境，包括公司道德观念与组织架构，决定了公司的基调，是所有其他内部控制要素的基础。内部环境评价，应当以组织架构、发展战略、人力资源、企业文化、社会责任等应用指引为依据，结合本公司的内部控制制度，设计内部环境评价工作底稿，明确主要风险点、采取的控制措施、有关证据资料及认定结果等内容，对内部环境及相关的制度设计和实际运行情况进行认定和评价。

（2）风险评估

风险评估是识别和分析实现目标过程中的风险，以确定风险应对策略。风险评估机制评价，应当以《企业内部控制基本规范》有关风险评估的要求及各项应用指引中所列主要风险为依据，结合本公司的内部控制制度，设计风险评估机制评价工作底稿，对日常经营管理过程中的风险识别、风险分析、应对策略等进行认定和评价。

（3）控制活动

控制活动是为应对风险而采取的控制政策和程序。控制活动评价，应当以《企业内部控制基本规范》和各项应用指引中的控制措施为依据，结合本公司的内部控制制度，设计控制活动评价工作底稿，对相关控制措施的设计和运行情况进行认定和评价。

（4）信息与沟通

信息与沟通是要确保与公司运营、报告、合规性等相关的信息通过沟通系统在公司各层面及相关外部主体进行及时有效的传递。信息与沟通评价，应当以内部信息传递、财务报告、信息系统等相关应用指引为依据，结合本公司的内部控制制度，设计信息与沟通评价工作底稿，对信息收集、处理和传递的及时性、反舞弊机制的健全性、财务报告的真实性、信息系统的安全性，以及利用信息系统实施内部控制的有效性等进行认定和评价。

（5）内部监督

内部监督评价，应当以《企业内部控制基本规范》有关内部监督的要求及各项应用指引中有关日常监督和持续监控的规定为依据，结合本公司的内部控制制度，设计内部监督评价工作底稿，对内部监督机制的有效性进行认定和评价，重点关注监事会、审计委员会、内部审计机构等是否在内部控制设计和运行中有效发挥监督作用。

上市公司内部控制评价还应包括有特别监管要求的关联交易、并购、信息披露各项控制制度的设计和执行是否有效并符合相关监管法规的要求。

内部控制评价机构应当按照内部控制评价方案确定的评价范围和评价内容、评价工作表所涵盖的公司层面的控制要素、各业务流程层面主要业务活动及关键控制的设计和执行开展内部控制的评价工作。

3.3 内部控制评价程序和方法

同内部控制审计程序类似，内部控制评价也包括了解和评价公司层面的内部控制和业务流程层面的内部控制，以识别内部控制设计和执行的缺陷，改进公司内部控制。

3.3.1 内部控制评价程序

1. 设定内部控制评价标准

内部控制评价首先需要确定评价的标准，没有评价的标准，内部控制缺陷就无从认定。公司应按照《企业内部控制基本规范》及《企业内部控制应用指引》的要求，结合所处行业经营的特点，参照同行业内部控制一般做法，并根据公司整体控制目标，制定适合公司的内部控制评价标准。实务中采用的内部控制评价标准包括过程评价标准和结果评价标准。

过程评价标准以风险评估为导向，以风险和控制要素为基础，按照内部控制的要素即内部环境、风险评估、控制活动、信息与沟通、内部监督等展开，对每个控制要素应包括的控制环节或关键控制活动进行进一步细化，形成更多的控制要点。公司以此为基础结合自身的业务及行业特点制定适用的评价标准。

结果评价标准以结果为导向，即以内部控制目标是否实现及实现的程度为出发点，对公司内部控制制度建立健全情况、制度设计是否合理及是否有效进行全面评价，形成评价结论。评价内部控制制度建立健全情况需考虑内部控制制度是否满足公司生产经营需要，是否涵盖所有业务流程和相关控制活动；评价内部控制设计是否合理需考虑内部控制是否适合公司自身特点和需要即适当性，同时需要兼顾成本效益原则；评价内部控制是否有效除要考虑合规性，还要考虑内部控制设计是否能够实现提高经营的效率和效果的经营目标，以及提供可靠财务报告、保护资产安全完整的财务报告的目标。

无论是过程评价标准还是结果评价标准，均需要对实现内部控制整体目标相关的内部环境、风险评估、控制活动、信息与沟通、内部监督等内部控制要素进行全面性、系统性和针对性的评价，评价内部控制的设计有效性和执行有效性并识别内部控制缺陷。内部控制设计有效性是指为实现控制目标所必需的内部控制要素都存在并且设计恰当；内部控制执行有效性是指现有的内部控制按照规定的程序得到了正确执行。

根据《企业内部控制评价指引》，公司对内部控制评价过程中发现的问题，应当从定性和定量等方面进行衡量，判断是否构成内部控制缺陷及缺陷严重程度。因此公司进行控制缺陷评价时还需要定义内部控制缺陷的标准。内部控制缺陷分为设计缺陷和运行缺陷。设计缺陷是指缺少实现控制目标所必需的控制，或者现有控制设计不当，即使按照设计运行，也无法实现控制的目标；运行缺陷，是指设计得当的内部控制并未执行，或者执行人员没有适当的授权或能力有效运行控制。按照缺陷的严重程度又可分为重大缺陷、重要缺陷和一般缺陷。一般而言，重大缺陷，是指一个或多个控制缺陷的组合，可能导致企业严重偏离控制目标；重要缺陷，是指一个或多个控制缺陷的组合，其严重程度和经济后果低于重大缺陷，但仍有可能导致企业偏离控制目标；一般缺陷，是指除重大缺陷、重要缺陷之外的其他缺陷。公司在衡量三类缺陷的严重程度时需要从两个角度综合考虑，一是相关控制没有实现控制目标的可能性，二是一项或多项控制缺陷的组合对主体实现目标的影响程度。

需要指出的是，企业在评价内部控制有效性时还要考虑补偿性控制是否存在及其有效性。所谓补偿性控制，即控制活动 1 单独存在即可完全满足控制目标，控制活动 2 单独存在可以部分满足控制目标，则控制活动 2 是控制活动 1 的补偿性控制。有时候企业缺失某些控制活动，但企业存在某些补偿性控制活动仍可以满足控制目标的要求。

公司需要根据以上缺陷的基本分类，结合企业具体情况，制定适用于公司的重大缺陷、重要缺陷和一般缺陷的具体认定标准，作为形成内部控制评价结论的依据。公司可以通过制定内部控制评价工作操作指南或评价工作表的形式，将评价标准系统化、标准化，以便于评价工作组成员执行统一的评价标准。

2. 评价和认定内部控制缺陷

内部控制评价工作组需要从公司层面和业务流程层面开展内部控制评价工作，评价工作包括测试内部控制的设计和运行，识别和评价企业内部控制设计缺陷和运行缺陷，并进行整改。

（1）公司层面内部控制缺陷

公司层面的内部控制缺陷，虽未必导致控制无效，但会增加业务流程层面控制的风险，缺陷的评估应基于公司层面的缺陷导致业务流程层面控制风险的可能性。通常无法用量化的方法评价公司层面的缺陷，但应关注以下定性的因素：

- 控制缺陷在公司中的普遍性，是否具有广泛性影响；
- 控制缺陷对公司层面控制各组成要素的相对重要性；
- 管理层凌驾的风险，包括考虑舞弊的可能性；
- 过往内部控制缺陷记录，表明内部控制风险增加的迹象；
- 控制运行有效性方面已发现的例外情形的性质、原因和频次；
- 缺陷可能的潜在影响。

（2）业务流程层面内部控制缺陷

流程层面内部控制缺陷评价需要考虑定性和定量的因素。对于识别的内部控制缺陷需要采取以下评价步骤：

- 确定受缺陷影响的具体控制目标；
- 判断因控制缺陷导致控制无效的可能性；
- 评估控制缺陷导致控制无效的严重程度，并尽可能量化分析；
- 检查是否存在补偿性控制措施；
- 评价补偿性措施的有效性及可实现控制目标的程度；
- 确定考虑补偿性措施后未覆盖的控制目标的严重程度；
- 考虑控制无效发生的可能性和严重程度，结合定性印象确定缺陷类型。

（3）内部控制设计的测试评价程序

内部控制评价首先需要了解内部控制的设计，评价设计的合理性和有效性。内部控制设计的测试程序一般包括：

- 确定主要业务流程及每个业务流程影响的交易类型和影响的账户余额；
- 了解交易流程，确定每个业务流程的主要业务活动；
- 针对主要业务活动了解企业设计和运行的控制活动，关注相关职责分工和授权；
- 根据了解的公司控制活动，包括控制的政策和程序，与评价工作表设定的控制目标和控制活动进行对比，分析控制设计的合理性、有效性，识别控制设计的缺陷；
- 对存在控制缺陷的控制活动，需了解补偿性控制活动是否存在，并评价补偿性控制活动的有效性及对控制目标实现的确保程度；
- 对识别的控制设计缺陷按照既定的评价标准，分别从可能性和影响程度等定性、定量方面分析认定设计缺陷的严重程度，并进行恰当的归类；
- 对认定为设计合理有效的内部控制，需确定其实际是否在公司业务活动中执行，并执行穿行测试程序；
- 选取一笔代表性业务；
- 就选取的业务，确定其在业务流程各个环节控制活动所涉及的整套文档；
- 就确定的整套文档向被评价单位索取复印件（为满足评价文档记录的要求）；
- 检查文档原件是否存在，并与复印件核对一致；
- 检查原件上是否有按照公司业务流程的控制活动所形成的控制轨迹，并由相关责任人员签字确认；
- 根据检查结果，评价了解的内部控制活动是否存在并切实执行；

- 根据了解内部控制设计和是否获执行的穿行测试结果汇总分析已识别的设计缺陷，作为内部控制评价报告内部控制设计有效性的结论基础。

（4）内部控制运行的测试评价程序

对内部控制运行有效性进行测试，即符合性测试程序，需要按照系统科学的样本选取方法，选取合理规模的样本数量进行测试。选取测试样本时需要考虑相关控制活动的性质（手工控制还是程序化自动控制）与执行频率，并按照公司内部控制评价工作指引中确定的抽样方法选取规定数量的样本。内部控制运行有效性的测试程序通常如下：

- 根据了解的内部控制设计，确定应测试的控制活动，按照内部控制评价工作表的记录要求，修订完善内部控制的测试程序、测试方法、测试步骤等，确保相关测试工作能支持内部控制运行的有效性；
- 根据业务流程相关控制活动的性质、发生频率，按照系统的样本选取方法确定样本规模；
- 按照确定的样本规模，在测试年度（期间）选择有代表性的样本执行测试工作，并充分考虑样本覆盖的期间和代表性；
- 检查选取样本相关控制活动所形成的控制轨迹，关注相关责任人员签字，评价是否与公司设定的控制政策和程序一致；
- 检查相关控制活动未获执行时，是否执行了补偿性控制活动，并评价其执行有效性；
- 测试过程中识别的任何控制运行缺陷或其他问题，需要与相关控制点负责人沟通确认，并保留适当的记录；
- 按照设定的缺陷认定标准分析评价识别的控制运行缺陷，并按照未能实现控制目标的可能性及影响程度确定缺陷的分类；

- 根据内部控制执行测试的结果，汇总分析已识别的运行缺陷，作为内部控制评价报告内部控制运行有效性的结论基础。

3. 内部控制缺陷整改

缺陷评价、认定结束后，公司应根据缺陷评价和认定结果，确定缺陷整改的优先顺序，实施整改方案。值得注意的是，无论是缺陷判定还是缺陷整改，评价人员都应与被评价部门相关控制负责人或流程责任人充分沟通，当意见相左时，应要求其说明不接受缺陷认定或不采纳整改建议的原因，作为对评价结果的补充，相关内容应该记录在缺陷跟踪表中，如表 3-1 所示。

表 3-1 缺陷跟踪表

测试流程编号： *** 测试流程名称： ***
测试部门： *** 测试时间： ***
编制人： *** 复核人： ***
测试结果确认人： *** ***

编　号	缺陷	建议	责任人	缺陷是否符合实际情况	不符合依据	是否采纳建议	不采纳依据
GAP01	***	***	***	***	***	***	***
GAP02	***	***	***	***	***	***	***
GAP03	***	***	***	***	***	***	***

3.3.2 内部控制评价方法

内部控制评价的方法通常包括个别访谈法、调查问卷法、专题讨论法、穿行测试法、实地调研法、抽样法、比较分析法、重新执行法、标杆法等方法。内部控制评价工作组应综合运用内部控制评价的一般方法，广泛收集被评价单位内部控制设计和运行是否有效的证据，按照评价的具体内容，如实填写评价工作底稿，研究分析认定内部控制缺陷。由于个别访谈法、调查问卷法、专题讨论法、实地调研法已经在前面章节中做过简要介绍，下面仅对其他几种内部控制评价常用的方法作简单介绍。

（1）穿行测试法

穿行测试法又称遵循测试法，是内部控制评价和审计的常用方法，用以确定内部控制政策和程序的执行情况。穿行测试法应根据公司业务流程和内部控制程序，抽取从交易发起到报告反映全过程的交易记录，通过检查相关控制痕迹，评价相关内部控制是否按照既定政策执行。

（2）抽样法

抽样法，是指通过样本测试判断评价总体属性的测试方法。内部控制测试中的抽样法是指企业针对具体的内部控制业务流程，按照业务发生频率及固有风险的高低，从确定样本中抽取一定比例的业务样本，对业务样本遵循内部控制政策和程序的符合性进行审查，以判断业务流程内部控制运行的有效性。

（3）比较分析法

比较分析法，是指通过比较和分析数据间的关系、趋势或比率获取评价证据的方法。应用比较分析法时需关注比较分析的基础是否合理，是否具有可比性，并综合应用历史信息、外部信息等进行充分合理评价。

（4）重新执行法

重新执行法，是指对业务流程的全部控制活动重新执行，从而验证相关控制活动是否获执行并评价相关执行情况。重新执行法是内部控制评价中常用的和有效的测试方法。

（5）标杆法

标杆法，是指在评价内部控制设计是否合理和有效时，通过与公司外部同行业已普遍应用的内部控制最佳实务进行比较，识别出内部控制设计的缺陷或冗余的方法。任何评价均需要标准，内部控制评价的标杆法即是建立内部控制评价的标准，应用该方法的关键是坚持风险导向原则，确定适合公司实际情况的内部控制制度设计的最佳实务典范。

需要指出的是，以上列举的内部控制评价的方法通常不可以单独使用，评价工作组开展内部控制评价工作时应结合公司的情况，区别内部控制设计和执行，综合运用以上评价方法。评价工作组也可以根据评价工作的需要和公司的特定情况应用其他有效的评价方法。

3.4 内部控制评价报告

3.4.1 复核、认定评价结果

内部控制现场评价工作结束后，评价工作组需要汇总、分析内部控制评价工作中识别的内部控制缺陷，按照内部控制缺陷的认定标准对控制缺陷的分类进行初步认定。评价工作组应当按照评价质量交叉复核制度要求，对评价结果进行交叉复核。评价工作组负责人应在对评价工作底稿进行复核的基础上审核评价结论，并对所认定的评价结果签字确认后，提交公司内部控制评价机构。

按照《企业内部控制评价指引》的要求，公司内部控制评价机构应当编制内部控制缺陷认定汇总表，结合日常监督和专项监督发现的内部控制缺陷及其持续改进情况，对内部控制评价认定的缺陷及其成因、表现形式和影响程度进行综合分析和全面复核，提出认定意见。对于认定的重大缺陷，公司应当及时采取应对策略，抓紧落实相关整改措施，持续跟进落实情况，切实将风险控制在可承受度之内，并追究有关机构或相关人员的责任。

3.4.2 编制内部控制评价报告

内部控制评价机构应根据内部控制评价结果认定情况及时编制内部控制评价报告。公司监管机构对内部控制评价报告的编制、审议和披露有特别监管要求的，公司应当按照监管要求去做。公司自行开展的内部控制专项评价工作可以根据公司管理需要，自行设计内部控制评价报告的内容和格式。

1. 内部控制评价报告的内容和格式要求

《企业内部控制评价指引》要求，内部控制评价报告应当按照内部环境、风险评估、控制活动、信息与沟通、内部监督等内部控制要素进行设计，对内部控制评价过程、内部控制缺陷认定及整改情况、内部控制有效性的结论等相关内容进行披露。内部控制评价报告至少应当披露下列内容：

- 董事会对内部控制报告真实性的声明；
- 内部控制评价工作的总体情况；
- 内部控制评价的依据；
- 内部控制评价的范围；
- 内部控制评价的程序和方法；
- 内部控制缺陷及其认定情况；
- 内部控制缺陷的整改情况及重大缺陷拟采取的整改措施；

• 内部控制有效性的结论。

上海证券交易所和深圳证券交易所发布的《上市公司内部控制指引》分别制定了内部控制评价报告的披露要求，其中上海证券交易所要求以年报工作备忘录的形式发布，深圳证券交易所要求以年报工作通知附件形式发布。在上海证券交易所和深圳证券交易所上市的公司应按照交易所内部控制评价报告的披露要求编制、审议和披露内部控制评价报告。《企业内部控制应用指引》正式发布实施后，中国证监会拟统一上市公司内部控制评价报告的披露要求。以下是上海证券交易所、深圳证券交易所发布的内部控制评价报告的披露要求。

上海证券交易所——《董事会关于公司内部控制的自我评估报告》格式指引

××股份有限公司董事会关于公司内部控制的自我评估报告

本公司董事会及全体董事保证本报告内容不存在任何虚假记载、误导性陈述或重大遗漏，并对其内容的真实性、准确性和完整性承担个别及连带责任。

建立健全并有效实施内部控制是本公司董事会及管理层的责任。本公司内部控制的目标是________。(一般应为：合理保证企业经营管理合法合规、资产安全、财务报告及相关信息真实完整，提高经营效率和效果，促进企业实现发展战略。公司可根据自身情况，调整上述目标。)

内部控制存在固有局限性，所以仅能对达到上述目标提供合理保证；而且，内部控制的有效性也可能随公司内、外部环境及经营情况的改变而改变。本公司内部控制设有检查监督机制，内部控制缺陷一经识别，本公司将立即采取整改措施。

本公司建立和实施内部控制制度时，考虑了以下基本要素：________。（一般指《上海证券交易所上市公司内部控制指引》规定的目标设定、内部环境、风险确认、风险评估、风险管理策略选择、控制活动、信息沟通、检查监督八项要素，或财政部《企业内部控制基本规范》规定的内部环境、风险评估、控制活动、信息与沟通、内部监督五项要素。企业可根据自身建立内部控制的实际情况，披露公司内部控制的基本要素。）

本公司董事会对本年度上述所有方面的内部控制进行了自我评估，评估发现，自本年度1月1日起至本报告期末，存在的重大缺陷包括：________。（重大缺陷指对企业内部控制目标存在严重负面影响或潜在严重负面影响的内部控制设计或运行缺陷。包括但不限于：企业会计报表及其附注存在重大不真实、不准确或不完整的情况；被有关部门或监管机构处罚；因内部控制失效而导致的资产发生重大损失；高管舞弊等。）公司已采取的整改措施包括：________。截至本报告签署日止，尚未整改完毕的重大缺陷包括：________，预计整改完成时间为________。（如董事会未在自我评估中发现相关重大缺陷，则公司应披露"未发现本公司存在内部控制设计或执行方面的重大缺陷"。）

本公司董事会认为，自本年度1月1日起至本报告期末止，本公司内部控制（制度是否健全、执行是否有效）。（公司董事会应针对本公司内部控制制度是否健全、执行是否有效分别发表结论性意见；如有董事对本报告的评估意见无法保证或存在异议的，应当单独陈述理由和发表意见。）

本报告已于____年____月____日经公司____年度第____次董事会审议通过，本公司董事会及其全体成员对其内容的真实性、准确性和完整性承担个别及连带责任。

本公司（是/否）聘请了××××会计师事务所对本公司内部控制进行

核实评价。（如公司聘请了相关的会计师事务所对本公司内部控制进行核实评价，应披露该事务所名称及核实评价的结果；如公司未聘请会计师事务所对本公司内部控制进行核实评价，应注明“本公司未聘请会计师事务所对公司本年度的内部控制情况进行核实评价。”）

×××股份有限公司董事会

年　月　日

深圳证券交易所——公司内部控制评价披露要求

上市公司内部控制评价报告应当包括但不限于以下内容：

1. 综述

说明公司内部控制的组织架构、内部控制制度建立健全情况、公司专门负责监督检查的内部审计部门的设立情况、该部门人员配备及工作情况、公司为建立和完善内部控制所进行的重要工作及成效，并对公司内部控制情况进行总体评价。

2. 重点控制活动

列出上市公司控股子公司控制结构及持股比例图表，对照本所《上市公司内部控制指引》的具体要求，逐项（如适用）对控股子公司、关联交易、对外担保、募集资金使用、重大投资、信息披露的内部控制情况进行自查。

3. 重点控制活动中的问题及整改计划

（1）说明公司内部控制重点控制活动中还存在的缺陷、问题和异常事项，以及对公司治理、经营管理及发展的影响，提出具体的改进计划和措施；

（2）针对中国证监会、交易所对公司及相关人员做的公开谴责所涉及的重点控制活动中的内部控制问题，说明问题产生的具体原因、目前状况及整改计划和措施；

（3）外部审计机构对公司内部控制评价报告出具保留意见、无法表示意见和否定意见的，公司董事会、监事会应当针对该鉴证意见所涉及的内部控制重大缺陷根据本所《上市公司内部控制指引》的要求做出专项说明。

3.4.3 内部控制评价报告的审批和披露要求

《企业内部控制评价指引》要求，内部控制评价报告应当报经董事会批准后对外披露或报送相关主管部门，并应于评价基准日后 4 个月内报出。上海证券交易所在《关于做好上市公司 2009 年年报工作的通知》中要求，董事会需专门对内部控制评价报告进行审议，并下发了年报工作备忘录——上市公司董事关于《董事会关于公司内部控制的自我评估报告》审议的工作底稿，从内部控制制度建设情况、内部监督机构设置、监督部门工作报告、采取的整改措施、内部控制外部咨询专家聘任情况、独立董事履职、内部控制评估中发现的问题七个方面，明确了董事在审议公司内部控制评价报告时应重点审查和关注的事项，并要求将工作底稿作为董事会会议记录的一部分存档。深圳证券交易所在《关于做好上市公司 2009 年年报工作的通知》中要求，内部控制评价报告应经董事会审议通过，公司监事会、独立董事、保荐机构（如适用）应对公司内部控制评价报告发表意见。

上海证券交易所、深圳证券交易所对内部控制评价报告的披露要求存在差异。上海证券交易所要求纳入“上证公司治理板块”样本公司、发行境外上市外资股的公司及金融类公司，应在年报披露的同时披露董事会对内部控制的评价报告，鼓励其他有条件的上市公司在披露年报的同时披露内部控制评价报告。上海证券交易所鼓励上市公司聘请审计机构对公司内部控制进行核实评价，公司聘请审计机构对公司内部控制进行核实评价的，应披露审计机构对公司内部控制的核实评价意见。深圳证券交易所要求上市公司均应按照《企业内部控制基本规范》和交易所有关规定出具年度内部控制评价报告，对于委托审计机构对其内部控制有效性进行评价的公司，应在披露年报的同时以单独报告的形式披露内部控制评价报告和会计师事务所出具的内部控制审计报告。

内部控制审计

根据《企业内部控制基本规范》及配套指引的相关规定，内部控制审计是指会计师事务所及其注册会计师接受委托，对特定基准日企业内部控制设计与运行的有效性进行审计。内部控制审计定义明确了内部控制审计的实施主体是会计师事务所及其注册会计师，客体是企业的内部控制，包括内部控制的设计是否适当，运行是否有效。显而易见，内部控制审计的工作重心是内部控制的设计和运行的有效性。广义上的内部控制审计包括企业运营的各个方面，包括运营的效率和效果，但我们知道运营的效率和效果取决于管理层的意愿，是管理的目标，评价结论的基础是评价者的专业判断。其衡量和评价标准很难统一，审计评价工作缺乏尺度，有鉴于此，国外内部控制审计的范围往往被限定在财务报告的内部控制。《企业内部控制审计指引》明确指出，注册会计师应当对财务报告内部控制的有效性发表审计意见，并对内部控制审计过程中注意到的非财务报告内部控制的重大缺陷，在内部控制审计报告中增加“非财务报告内部控制重大缺陷描述段”予以披露，这表明我国内部控制审计指引也将注册会计师的审计的范围限定在财务报告内部控制，这与当前理论界的主流看法一致，也与注册会计师内部控制审计的专业胜任能力匹配。为更好地指导会计师事务所及其注册会计师开展内部控制审计工作，本章有关内部控制审计的内容，包括具体的审计程序、方法和审计报告等，也被限定在财务报告内部控制。

从内部控制审计的定义看，注册会计师承担评价企业内部控制有效性的责任，这就要求注册会计师保持应有的独立性。企业及注册会计师要正确处理内部控制咨询和内部控制审计的关系，《企业内部控制基本规范》第十条明确规定“为企业内部控制提供咨询的会计师事务所，不得同时为同一企业提供内部控制审计服务”。

从注册会计师对内部控制的审计责任界定看，注册会计师应当对财务报告有关的内部控制有效性发表审计意见，并对注意到的非财务报告内部控制缺陷进行披露，这就要求注册会计师正确处理内部控制审计和财务报告审计的关系。财务报告内部控制为财务报告合规编制和披露提供了合理的基础，现代财务报告风险审计理论往往要求注册会计师了解和测试公司的内部控制，但财务报告审计的目标是对财务报告合规性发表审计意见，内部控制审计的目标是对财务报告内部控制有效性发表意见，两者的目标不同，但又相互联系，内部控制审计为财务报告审计提供了合理的基础，内部控制审计的结论往往影响财务报告审计程序的性质和范围，因此《企业内部控制审计指引》允许注册会计师单独进行内部控制审计，也可将内部控制审计与财务报表审计整合进行。需要指出的是，因内部控制的重要缺陷，不论设计缺陷还是运行缺陷，而对内部控制发表非无保留意见的，并不必然导致也对财务报告发表非无保留意见，控制的缺陷并不必然导致财务报告的差错。

4.1 内部控制评价与内部控制审计的关系

4.1.1 内部控制评价与内部控制审计的共性

内部控制评价与内部控制审计均体现了监督职能。监督是对内部控制体系的运行质量进行评估的过程，它可以通过持续监督活动、个别评价或者两者的结合实现。内部控制理论告诉我们，企业组织实现战略意图、保护资产安全、确保财务信息可靠性、提高运营的效率和效果离不开监督。实质上，监督源于委托代理理论，是确保受托责任履行的重要制度保障。内部控制政策和程序是公司实现战略目标的手段和工具，但该工具能否切实有效发挥作用，取决于两个因素：一是有没有设计有效的控制制度，二是该制度能不能被有效地贯彻执行。这两方面因素能否得到保证，依赖于监督职能能否发挥。内部控制评价是企业主动自主的监督行为，内部控制审计是外部监督单位对公司实施的外部监督行为，两者目标一致，均体现监督职能。

4.1.2 内部控制评价与内部控制审计的主要区别

根据内部控制评价的相关定义，内部控制评价是企业董事会或类似决策机构对内部控制的有效性进行全面评价，形成评价结论，出具评价报告的过程。同样是监督，公司内部控制评价凸显的是内部监督，体现“主动”的色彩（新的监管框架下，内部控制评价的“主动”色彩有“被动”化趋势）；内部控制审计是外部的会计师事务所及其注册会计师对企业内部控制设计与运行的有效性进行审计，是独立于公司的外部中介机构依法依规进行的外部监督。很多时候，公司接受外部审计监督是“被动”的（尽管形式上是通过委托业务关系的“主动”行为）。内部控制评价和内部控制审计“主动”与“被动”的辩证关系，从执行意愿方面讲，两者又在趋同。在我国发布《企业内部控制基本规范》后，即意味着上市公司既要按照要求开展内部控制评价工作，也要委托会计师事务所对公司内部控制进行审计，只是考虑我国上市公司推行内部控制应遵循循序渐进的原则，相关的强制性要求也在分步实施。

内部控制评价和内部控制审计实施主体的不同和“主动”与“被动”的色彩，决定了两者在独立性和客观性程度上的差异。内部控制评价尽管要求评价的实施人员应独立于被评价的对象，但这主要是对其自身工作评价的约束性规定，由于内部控制评价的责任主体包括公司治理层、管理层本身，对涉及治理层和管理层层面的内部控制评价，评价机构很难做到客观。因此，无论是公司出于自身改善治理的诉求，还是外部监管机构出于公众利益保护、实施外部监督的需要，均需引入外部机构，特别是具有内部控制评价专长的中介机构的独立监管。外部中介机构独立于被评价的主体，能够按照职业操守的要求，对评价对象做出客观、准确，甚至尖锐的评判。外部中介机构对公司内部控制评价的独立性是内部控制评价机构无法比拟的。当然，外部中介机构对内部控制的审计监督离不开政府、利益相关者等机构、组织的强制性推动。我国企业推行内部控制审计同样依赖于政府相关部门通过行政法规、部门规章等行政手段推动。

内部控制评价与内部控制审计除实施主体不同外，实施对象的范围也存在差异。内部控制评价需要对公司全部内部控制，既包括合规性的内部控制、财务报告可靠性的内部控制、资产安全的内部控制，也包括运营效率和效果的内部控制，进行“全面”评价，形成评价结论，即对公司全面内部控制负责。而根据《企业内部控制审计指引》要求，实施内部控制审计的会计师事务所及注册会计师只需要“对财务报告内部控制的有效性发表审计意见”，而对于内部控制审计过程中注意到的非财务报告内部控制的重大缺陷仅履行披露义务。显然，“注意到”的措辞表明会计师事务所及其注册会计师对非财务报告内部控制重大缺陷并不承担“保证”责任。内部控制评价与内部控制审计责任不同，决定了其工作范围和工作重点不同。

4.1.3 内部控制评价和内部控制审计相得益彰

内部控制评价为内部控制审计工作开展和内部控制审计风险评估提供了合理的基础。审计师可以根据公司内部控制评价工作的开展情况评估审计项目的风险及识别主要的风险领域。尽管从理论上讲，公司没有内部控制评价，会计师事务所及其注册会计师依然可以进行内部控制审计工作，但可以肯定的是，一个完全没有系统的内部控制或缺乏适当内部控制记录的公司，将使从事内部控制审计的审计师在对其内部控制风险进行评估时遇到很大困难。

有些时候，内部控制审计可以考虑利用内部控制评价的工作成果，包括利用内部控制评价人员为其开展工作，但这应取决于对公司内部控制评价工作评估的结果。《企业内部控制审计指引》要求，注册会计师应当对企业内部控制评价工作进行评估，判断是否利用企业内部审计人员、内部控制评价人员和其他相关人员的工作及可利用的程度，相应减少本应由注册会计师执行的工作；注册会计师利用企业内部审计人员、内部控制评价人员和其他相关人员工作，应当对其专业胜任能力和客观性进行充分评价。

内部控制审计的方法和成果同时又可以为内部控制评价所借鉴和利用。仅从监督职能而言，内部控制审计和内部控制评价的方法和工具差异不大，很多内部控制审计的方法，如穿行测试法、标杆法等均大量运用于内部控制评价工作中。内部控制审计发现的内部控制缺陷能够给内部控制评价工作以启示，例如，会计师事务所就公司内部控制出具的管理建议书，可为改进公司内部控制评价工作提供有益的帮助。

4.2 内部控制审计的范围和内容

4.2.1 内部控制审计范围的确定

《企业内部控制基本规范》明确将企业实施内部控制的目标细分为合理保证企业经营管理合法合规，资产安全，财务报告及相关信息真实完整，提高经营效率和效果，促进企业实现发展战略五类。内部控制目标细分的好处在于允许不同的人因不同的目的从不同的角度关注内部控制的不同层面，但公司自身内部控制建设应覆盖所有目标，以实现公司的战略目标，我国公司内部控制评价的范围通常也包括五个目标。但有关方面在内部控制审计范围的问题上一直存在争议，有的主张内部控制审计范围应限定在与财务报告相关的内部控制，也有的主张应将内部控制审计扩大到企业内部控制的方方面面，即全面内部控制，这两种观点的差异实质上是期望差距，当然也有成本方面的考虑。

美国《萨班斯法案》404 条款规定，公司管理层和外部审计应对与财务报告有关的内部控制的有效性和充分性发表意见。404 条款之所以将审计师对企业内部控制的审计限定在与财务报告相关的内部控制，主要基于以下考虑：首先，对于运营效率的评估很难有统一的标准；其次，现在一般注册会计师并没有足够的能力进行全方位的内部控制审计；最后，即使注册会计师有这个能力进行全方位的内部控制审计，这种审计的开销也将十分高昂。

实质上，我国现阶段也存在类似的问题，但由于我国对内部控制审计的范围尚没有进行统一的规定，目前实务中对内部控制审计范围的界定五花八门，存在“与财务报表相关的内部控制”、“与财务报告相关的内部控制”、“重大方面与财务报告相关的内部控制”、“所有重大方面的内部控制”、“与现时经营规模和业务性质相关的内部控制”等多种内部控制审计范围版本。《内部控制审计指引》要求实施内部控制审计的会计师事务所及注册会计师“对财务报告内部控制的有效性发表审计意见”，其附录的内部控制审计报告模板也载明“我们审计了××股份有限公司（以下简称××公司）××年××月××日的财务报告内部控制的有效性”，这表明，我国内部控制审计的范围同样限定在财务报告内部控制。

细心的读者可能注意到，我国《内部控制审计指引》将内部控制审计定义为对“特定基准日”内部控制的审计，该指引附录的内部控制审计报告模板也特别载明“审计了××年××月××日的财务报告内部控制”。可以看出，我国内部控制审计责任时间范围的标准选择了“时点”（Point-of-time）的概念，这可能会使很多人认为，针对“时点”的内部控制的报告责任和认为内部控制是一个过程的观点在概念上不一致，并且与认为应该对内部控制进行持续监控的观点也不一致，因此坚持认为应该出具针对“时期”（Period-of-time）的报告。反对者观点认为，报告曾经发生的缺陷意义不大（该缺陷已经矫正），因为这些已被矫正的缺陷不再对资产负债表日的财务信息产生影响，并且不应该影响对某一时点内部控制有效性的结论，同时，报告曾经发生的缺陷增大了审计师发表内部控制有效性意见的困难。然而从财务报告内部控制审计服务于财务报告可靠性这一内部控制目标来看，对“时点”内部控制有效性进行报告更有现实意义。这样可以满足证券市场信息使用者的需要，且成本较低。我国《内部控制审计指引》接受了国际上普遍采用的“时点”概念。

需要特别指出的是，采用“时点”的概念并不意味着进行内部控制审计的会计师事务所及其注册会计师仅需对某一特定时点的内部控制进行审计，因为内部控制被定义为一个过程，要得出某一特定时点内部控制有效性的结论，内部控制审计测试的范围绝不可能限定在某一特定时点。而且，从节约审计成本的角度考虑，《萨班斯法案》404条款中规定，财务报告内部控制审计与财务报表审计应当同时结合进行，尽管我国《内部控制审计指引》规定，注册会计师可以将内部控制审计与财务报表审计整合进行，也可以单独进行内部控制审计，但实务中单独进行财务报告内部控制审计的很少看到，而财务报告审计需要对审计期间内部控制风险进行评估，客观上也要求注册会计师对整个审计期间的内部控制有效性进行测试。

4.2.2 财务报告内部控制审计的范围和内容

财务报告内部控制审计的范围和内容包括：公司层面内部控制，业务流程层面内部控制，财务报告、公司层面内部控制与业务循环层面内部控制之间的关系。

1. 公司层面内部控制

公司层面内部控制又称公司整体内部控制，属于与财务报告间接相关的内部控制。由于财务事项贯穿于企业经营的几乎全部环节，财务报告内部控制与公司层面内部控制或者说公司整体内部控制紧密关联。按照《内部控制审计指引》，公司层面内部控制审计应当把握重要性原则，但至少应当关注以下内容：

- 与内部环境相关的控制；
- 针对董事会、经理层凌驾于控制之上的风险而设计的控制；
- 企业的风险评估过程；
- 对控制有效性的内部监督和评价；
- 对内部信息传递和财务报告流程的控制。

2. 业务流程层面内部控制

财务报告内部控制同样涉及各个业务环节的控制。业务流程层面内部控制，同样应把握重要性原则，结合公司实际、企业内部控制各项应用指引的要求和公司层面控制的测试情况，重点对公司生产经营活动中的重要业务流程与事项的控制进行审计测试。通常重要的业务流程包括以下七大业务循环：

- 财务与会计业务循环；
- 采购与付款业务循环；
- 工薪与人事业务循环；
- 生产与仓储业务循环；
- 销售与收款业务循环；
- 筹资与投资业务循环；
- 固定资产业务循环。

3. 财务报告、公司层面内部控制与业务循环层面内部控制之间的关系

公司层面内部控制是业务层面内部控制的基石和土壤，良好的公司层面内部控制为业务层面内部控制有效性提供了合理的基础。

业务层面内部控制所涉及的七大业务循环也可以分为与财务报告直接相关的内部控制和与财务报告间接相关的内部控制。其中财务与会计业务循环属于与财务报告直接相关内部控制；其他业务循环属于与财务报告间接相关内部控制。

无论是与财务报告直接相关的内部控制，还是与财务报告间接相关的内部控制，均属于与财务报告相关内部控制。这并不意味着直接相关的内部控制就重要，间接相关内部控制就相对不重要，直接相关内部控制和间接相关内部控制对财务报告内部控制同等重要。实务中，有些注册会计师并不重视与财务报告间接相关的公司层面的内部控制，也有些注册会计师忽视与财务报告直接相关的财务与会计业务循环流程层面的内部控制。这两种倾向均是不可取的。

4.3 内部控制审计的程序和方法

4.3.1 内部控制审计工作计划

工作计划是内部控制审计工作开展的基础，周全的内部控制审计计划能为内部控制审计工作提供有效的指导，提高工作的效率。注册会计师应当恰当地制定内部控制审计工作计划，配备具有专业胜任能力的项目组，并适当地对助理人员进行督导。内部控制审计的计划工作建立在对审计单位内部控制相关风险初步评估和对内部控制系统初步了解的基础上，注册会计师应当评估下列事项对内部控制审计工作的影响：

- 与企业相关的风险；
- 影响企业经营的法律环境，包括适用的法律、法规；
- 企业所处行业的状况；
- 企业组织结构、经营特点和资本结构等相关重要事项；
- 公司的治理水平，在治理方面存在的不足和缺陷；
- 企业内部控制最近发生变化的程度；
- 企业内部控制评价开展情况及结论；
- 与企业沟通过的内部控制缺陷及整改情况；
- 重要性、风险等与确定内部控制重大缺陷相关的因素；
- 对内部控制有效性的初步判断；
- 可获取的、与内部控制有效性相关的证据的类型和范围。

注册会计师应当以风险评估为基础，识别内部控制的重大风险领域，选择拟测试的内部控制的范围和内容。在此基础上，确定内部控制审计组的人员组成和分工。由于不同行业的企业内部控制的风险领域和重要控制程序差异较大，确定内部控制审计组人员组成时，应充分考虑专业胜任能力的要求，特别是相关行业工作经验的要求。

注册会计师应在对企业内部控制评价工作进行充分评估的基础上，判断是否利用企业内部审计人员、内部控制评价人员和其他相关人员的工作，以及可利用的程度。注册会计师在决定利用企业内部审计人员、内部控制评价人员和其他相关人员的工作时，应当对其专业胜任能力和客观性进行充分评价。对于识别的内部控制高风险领域和关键内部控制，注册会计师应当亲自执行相关测试工作。

4.3.2　内部控制审计工作的主要程序和方法

1．内部控制审计工作的主要程序

内部控制审计工作的主要程序可以归纳为六个字，即了解、测试、评价。了解的内容包括公司层面的内部控制和业务流程方面的内部控制，了解公司层面内部控制的同时应结合评价工作，包括评价内部控制建设情况、内部控制制度的设计是否有效等。测试的内容包括为确定相关内部控制制度是否有效运行时的穿行测试工作，和对公司内部控制实际运行情况的测试工作。内部控制评价工作与测试工作应结合进行，评价的内容包括公司建立的内部控制制度是否被有效执行，是否存在控制运行缺陷等。对了解、测试过程中发现的内部控制设计缺陷和运行缺陷，应评价缺陷的严重程度和影响，考虑对管理层或治理层报告的合理级次，同时考虑对内部控制审计报告意见类型的影响。总体而言，了解工作是内部控制审计工作的前提和基础，测试工作是内部控制审计工作的核心，评价工作贯穿内部控制审

计工作始终。

内部控制缺陷按其成因分为设计缺陷和运行缺陷，按其可能导致公司偏离控制目标的影响程度可以分为重大缺陷、重要缺陷和一般缺陷。注册会计师应当评价内部控制测试中发现的各项内部控制缺陷的严重程度，以确定这些缺陷单独或组合起来，是否构成重大缺陷。在确定一项内部控制缺陷或多项内部控制缺陷的组合是否构成重大缺陷时，注册会计师应当评价补偿性控制的影响。有效的补偿性控制应当能够实现控制的目标。根据《企业内部控制审计指引》，表明企业财务报告内部控制可能存在重大缺陷的迹象，包括但不限于以下方面：

- 注册会计师发现董事、监事和高级管理人员舞弊；
- 企业更正已经公布的财务报表；
- 注册会计师发现当期财务报表存在重大错报，而内部控制在运行过程中未能发现该错报；
- 企业审计委员会和内部审计机构对内部控制的监督无效。

注册会计师应就内部控制审计工作中识别的内部控制设计以及运行方面的所有缺陷，与适当层次的管理层或治理层进行沟通。对于重大缺陷和重要缺陷，应当以书面形式与董事会和经理层沟通。沟通时应当注意沟通的级次，通常，对识别的直接责任部门（责任人）的控制缺陷，应与对其直接负责的上一级沟通，发现的管理层舞弊行为应直接与治理层沟通。

此外，为确保公司及其董事会理解其内部控制的责任及在内部控制审计工作所应履行的职责，从事内部控制审计的注册会计师需要取得公司签署的书面声明。声明内容一般包括，但不限于以下内容：

- 企业董事会认可并理解其对建立健全和有效实施内部控制负责；
- 企业已对内部控制的有效性做出评价，并说明评价时采用的标准及得出的结论；

- 企业没有利用注册会计师执行的审计程序及其结果作为评价的基础；
- 企业已向注册会计师披露识别出的所有内部控制缺陷，并单独披露其中的重大缺陷和重要缺陷；
- 企业对注册会计师在以前年度审计中识别的重大缺陷和重要缺陷，是否已经采取措施予以解决；
- 企业在内部控制评价基准日后，内部控制是否发生重大变化，或者是否存在对内部控制具有重要影响的其他因素。

虽然注册会计师进行内部控制审计时不可以依赖公司签署的书面声明，但不能取得内部控制相关声明则被视为审计范围受到限制。注册会计师应当考虑解除业务约定或出具无法表示意见的内部控制审计报告。

2. 内部控制审计工作的方法

内部控制审计工作的方法主要包括询问适当人员、观察经营活动、检查相关文件、穿行测试和重新执行等方法。需要指出的是询问本身并不足以获取充分、适当的证据，应结合其他内部控制审计方法一并进行，另外，注册会计师在确定内部控制测试的时间时，应当在下列两个因素之间做出平衡，以获取充分、适当的证据：

- 尽量在接近公司内部控制评价基准日实施测试；
- 实施的测试需要涵盖足够长的期间。

注册会计师在连续对公司内部控制审计时可以考虑利用以前年度内部控制测试的结论，包括对没有识别出特别风险的内部控制领域或业务流程采用轮换测试计划，但通常轮换测试计划的轮换期最长不超过 3 年，以获取内部控制持续有效性的结论。轮换测试计划的方法是对纳入轮换测试的内部控制业务流程在第一个测试年度有效的前提下，允许在未来合理年度内免于测试，而继续依赖第一个测试年度的内部控制测试结论。采用内部控制轮换测试方法的前提是，公司整体内部控制风险评估为低水平，纳入轮换测试计划的业务循环没有识别出特别风险，且在轮换期内业务控制流程没有发生变化。有时候，关键控制人员发生异常变化可能表明相关控制领域存在执行的风险，而继续将受影响的业务循环纳入轮换计划则变得不再适当。

测试内部控制运行是否有效，通常应用抽样的方法，样本规模取决于各项控制活动发生的频率。实务中可以参考以下样本数量确定方法，如表 4-1 所示。

表 4-1 内部控制测试抽样表

控制的性质	执行的频率	选择的样本数量
手工	每天多次	25
手工	每天	15
手工	每周	5
手工	每月	2
手工	每季	1
手工	每年	1
程序化	对每个程序化控制测试一次	

4.4 内部控制审计示例

如 4.3 所述，内部控制审计方法本身并不复杂，但在执行内部控制具体审计程序时，很多注册会计师由于缺乏内部控制的系统知识或缺少可以利用的工具，内部控制审计时无从着手，或仅凭借自己积累的经验片面地执行不完整的审计测试程序，导致审计测试程序的性质、时间和范围不当。为解决内部控制审计实务中的难题，COSO《内部控制——整合框架》也对内部控制评价工具给出了一些示例，为内部控制审计实务提供参考。2007年8月，中国注册会计师协会发布了《财务报表审计工作底稿编制指南》，其中包括内部控制审计工作底稿编制指南，这也给内部控制审计实务提供了一个很好的指引。中国注册会计师协会发布的底稿编制指南充分借鉴了COSO《内部控制——整合框架》附录的内部控制评价工具及国际上应用较为广泛的评价工具，表明我国内部控制审计在实务操作上已与国际同行接轨。为更好地指引注册会计师有效地开展内部控制审计工作，本节以示例的形式列举内部控制了解、测试和评价工作的具体内容、方法、步骤和审计工作底稿记录的要求，如表4-2所示。由于仅出于示例的目的，本节仅针对公司层面的内部控制、采购与付款业务循环层面的内部控制的了解和测试程序进行举例，供内部控制审计实务参考之用。需要指出的是，本示例并不意味着示例所涉及的所有内部控制事项均需在内部控制评价中加以考虑，也并不意味着这些示例的评价工具是内部控制审计时优先采用的方法。企业所处的营商环境千差万别，注册会计师在内部控制审计中应基于专业判断，选择最适合企业应用的评价工具或内部控制评价事项，这也是内部控制审计的难点和企业内部控制之魅力所在。

4.4.1 示例1：了解和评价公司层面的内部控制

表4-2给出一份了解和评价公司层面内部控制的示例。

表 4-2 了解和评价控制监督工作表

被审计单位：			
项目：了解和评价控制监督	编制：	日期：	索引号：
财务报表截止日/期间：	复核：	日期：	页 次：

索引号	控制目标	被审计单位的控制	实施的风险评估程序	结论	存在的缺陷
JD-1	内部控制定期评价	建立内部控制评价体系，由内部审计部门定期评价内部控制			
JD-2	评价内部控制制度对常规工作活动有效运行的保障程度	负责业务活动的管理人员将其在日常经营活动获得的生产、库存、销售或其他方面的信息与信息系统产生的信息相比较；将用于管理业务活动的经营信息与由财务报告系统所产生的财务资料相整合或者比较，并分析差异			
JD-3	外界沟通所获取的信息能够反映内部控制运行的有效性	顾客按销货发票所列金额付款，即银行发票金额正确无误，顾客投诉账单有错误，即表明处理销售业务的系统可能存在缺陷；当顾客投诉时，调查出现问题的原因；记录来自供应商的信息（如供应商寄来的对账单），公司将其用做控制和监督的工具；考虑监管机构告知本企业遵循相关法律法规和规章的情况或其他有助于判断内部控制系统作用的事项			

续表

索引号	控制目标	被审计单位的控制	实施的风险评估程序	结论	存在的缺陷
JD-4	管理层对内部审计人员和注册会计师提出的内部控制方面的意见和建议进行适当的处理	设置具有适当权限的管理人员处理内部审计师和注册会计师所提的意见和建议，并形成记录；跟踪相关决策并验证其落实情况			
JD-5	管理层能够获得关于控制有效的反馈信息	通过培训课程、规划会议和其他会议，掌握提出的争议及问题；员工建议自下而上传递			
JD-6	定期询问员工遵循公司行为守则的情况、重要控制活动执行的有效性	要求员工定期确认其切实遵循了行为守则的规定；要求员工在执行重要控制工作（如调节指定账户金额）之后签名，留下执行证据			
JD-7	内部审计工作有效	内部审计人员的能力及经验水平适当；内部审计人员在组织中的地位适当；建立内部审计人员直接向董事会或审计委员会报告的渠道；内部审计人员的审计范围、责任和审计计划适当			
JD-8	政策和程序得到有效执行	管理层定期审查政策和程序的遵循情况			
JD-9	对内部控制进行专门评价，专门评价的范围和频率适当	专门评价的范围（包括广度和深度）及频率适当			

续表

索引号	控制目标	被审计单位的控制	实施的风险评估程序	结论	存在的缺陷
JD-10	评价过程是适当的	负责专门评价的人员具备必要的知识和技能；评价人员充分了解企业的活动；评价人员了解系统应当如何运作，以及实际如何运作；评价人员将评估结果与既定标准进行比较并对发现的差异进行分析			
JD-11	用以评价内部控制系统的方法适当，并合乎逻辑	评价方法使用核对清单、问卷及其他评价工具；评价小组成员一起设计评价程序，并保证各成员工作的协调；负责管理该项评价工作的高层管理人员具备足够的权威			
JD-12	书面记录适当	书面记录评价的过程；审计委员会会议记录中包括评价的记录			
JD-13	内部审计主要集中于经营责任审计，工作能够降低财务报表重大错误风险	内部审计人员定期检查财务信息；内部审计人员定期评价经营效率和经营效果			
JD-14	内部审计的独立性适当	内部审计部门定期地直接向董事会、审计委员会或类似的独立机构报告			
JD-15	信息系统审计人员能够胜任职责	定期对信息系统审计人员培训，以应对复杂的高度自动化的环境			

续表

索引号	控制目标	被审计单位的控制	实施的风险评估程序	结论	存在的缺陷
JD-16	内部审计人员坚持适用的专业准则	建立内部审计人员的定期培训制度；建立内部审计自查制度			
JD-17	内部审计人员记录了计划、风险评估和执行的过程，形成的结论适当	内部审计定期制定内部审计计划；内部审计记录适当			
JD-18	内部审计部门活动的范围适当	以日常活动经营审计工作为主，配合外部审计工作			

编制说明：

1. 本审计工作底稿中列示的被审计单位的控制目标和控制，仅为说明有关表格的使用方法，并非对所有控制目标和控制的全面列示。在执行财务报告内部控制审计业务时，注册会计师应根据被审计单位的实际情况予以填写。

2. 如果我们拟信赖以前审计获取的审计证据，应通过询问并结合观察或者检查程序，获取控制是否已经发生变化的审计证据，并予以记录。

3.“被审计单位的控制”一栏应记录被审计单位实际采取的控制；“实施的风险评估程序”一栏，应填写注册会计师针对控制目标计划采取的审计程序，包括询问、观察和检查。

4. 注册会计师对控制的评价结论可能是：① 控制设计合理，并得到执行；② 控制设计合理，未得到执行；③ 控制设计无效或缺乏必要的控制。

4.4.2 示例 2：了解采购与付款业务循环内部控制

表 4-3 是了解采购与付款业务循环内部控制的示例。

表 4-3 采购与付款穿行测试表

被审计单位：			
项目：采购与付款穿行测试	编制：	日期：	索引号：
财务报表截止日/期间：	复核：	日期：	页 次：

采购与付款循环穿行测试——与采购材料有关的业务活动的控制		
主要业务活动	测试内容	测试结果
采购	请购单编号#（日期）	
	请购内容	
	请购单是否得到适当审批（是/否）	
	采购订单编号#（日期）	
记录应付账款	采购发票编号#（日期）	
	验收单编号#	
	采购发票所载内容与采购订单、验收单的内容是否相符（是/否）	
	发票上是否加盖“相符”章（是/否）	
	转账凭证编号#（日期）	
	是否计入应付账款贷方（是/否）	
付款	付款凭证编号#（日期）	
	付款凭证是否得到会计主管的适当审批（是/否）	
	有关支持性文件是否加盖“核销”章（是/否）	
	支票编号#/信用证编号#（日期）	
	收款人名称	
	支票/信用证是否已支付给恰当的供应商（是/否）	

续表

采购与付款循环穿行测试——与费用有关的业务活动的控制		
主要业务活动	测试内容	测试结果
申请	费用申请单编号#（日期）	
	申请内容	
	费用申请单是否得到适当审批（是/否）	
	供应商名称	
记录应付账款	发票编号#（日期）	
	发票是否得到适当审批	
	费用申请单、发票与其他支持性文件所载内容是否相符（是/否）	
	发票上是否加盖“相符”章	
	转账凭证编号#（日期）	
	是否计入应付账款贷方	
付款	付款凭证编号#（日期）	
	付款凭证是否得到会计主管的适当审批（是/否）	
	有关支持性文件上是否加盖“核销”章（是/否）	
	支票编号#/信用证编号#（日期）	
	收款人名称	
	支票/信用证是否已支付给恰当的供应商（是/否）	

采购与付款循环穿行测试——与比较采购信息报告和相关文件（请购单）是否相符有关的业务活动的控制					
序号	选择的采购信息报告期间	应付账款记账员是否已复核采购信息报告（是/否）	采购订单是否连续编号（是/否）	如有不符，是否已进行调查（是/否）	对不符事项是否已进行处理（是/否）

续表

采购与付款循环穿行测试——与应付账款调节表有关的业务活动的控制					
序号	供应商名称	应付账款调节表编号#（日期）	是否与支持文件相符（是/否）	是否经过适当审批（是/否）	是否已调节应付账款（是/否）

采购与付款循环穿行测试——与银行存款余额调节表有关的业务活动的控制						
序号	月份	银行对账单金额	银行存款日记账金额（人民币）	编制人是否签名（是/否）	复核人是否签名（是/否）	调节项目是否真实（是/否）

采购与付款循环穿行测试——与供应商档案更改记录有关的业务活动的控制						
序号	更改申请表号码	更改申请表是否经过适当审批（是/否）	是否包含在月度供应商信息更改报告中（是/否）	月度供应商信息更改报告是否经适当复核（是/否）	更改申请号码是否包含在编号记录表中（是/否）	编号记录表是否经复核（是/否）

采购与付款循环穿行测试——与供应商档案的及时维护有关的业务活动的控制				
序号	供应商名称	档案编号	最近一次与公司发生交易的时间	是否已按照规定对供应商档案进行维护

编制说明：

1. 本审计工作底稿记录的穿行测试内容，是示例设计，仅为说明应对执行的穿行测试程序记录的内容。在执行财务报表审计业务时，注册会计师应运用职业判断，结合被审计单位的实际情况设计和执行穿行测试。

2. 注册会计师通常应执行穿行测试程序，以取得控制是否得到执行的审计证据，并记录测试过程和结论，注册会计师可以保留与所测试的控制活动相关的文件或记录的复印件，并与审计工作底稿进行索引。

3. 注册会计师应对整个流程执行穿行测试，涵盖交易自发生至记账的整个过程。

4. 如拟实施控制测试，在本循环中执行穿行测试检查的项目也可以作为控制测试的测试项目之一。

4.4.3 示例3：测试和评价采购与付款业务循环内部控制运行

测试本循环控制运行有效性的工作包括：

- 针对了解的被审计单位采购与付款循环的控制活动，确定拟进行测试的控制活动；
- 测试控制运行的有效性，记录测试过程和结论；
- 根据测试结论，确定对实质性程序的性质、时间和范围的影响。

测试本循环控制运行有效性，形成的审计工作底稿如表4-4所示。

表4-4 采购与付款业务循环测试工作底稿

被审计单位：			
项目：采购与付款业务循环测试	编制：	日期：	索引号：
财务报表截止日/期间：	复核：	日期：	页　次：

工作底稿名称	执行人	索引号
控制测试汇总表		
控制测试程序及结果记录		
控制测试过程记录		

编制说明：

本审计工作底稿用以记录下列内容——

1. 控制测试汇总表：汇总对本循环内部控制运行有效性进行测试的主要内容和结论。
2. 控制测试程序及结果记录：记录控制测试程序。
3. 控制测试过程记录：记录控制测试过程。

下面我们对3个方面的工作底稿逐一举例。

1. 采购与付款业务循环控制测试汇总表

被审计单位：			
项目：采购与付款业务循环——控制测试	编制：	日期：	索引号：
财务报表截止日/期间：	复核：	日期：	页　次：

（1）相关交易和账户余额的审计方案

相关交易和账户余额的审计方案包括对未进行测试的控制目标的汇总、对未达到控制目标的主营业务活动的汇总，对相关交易和账户余额的审计方案。

① 对未进行测试的控制目标的汇总。根据计划实施的控制测试，我们未对下列控制目标、相关交易和账户余额及其认定进行测试，如表4-5所示。

表4-5　未进行测试控制目标汇总表

业务循环	主要业务活动	控制目标	相关交易和账户余额及其认定	原　因
采购与付款	记录应付账款	接受劳务交易均记录于适当期间	应付账款：完整性	没有设计控制活动
			管理费用：截止	
			销售费用：截止	
采购与付款	付款	付款均已记录	应付账款：存在	控制未得到执行
采购与付款	付款	付款均记录于恰当期间	应付账款：存在、完整性	控制未得到执行

② 对未达到控制目标的主营业务活动的汇总。根据控制测试的结果，我们确定下列控制运行无效，在审计过程中不予信赖，拟实施实质性程序获取充分、适当的审计证据，如表4-6所示。

表 4-6　未达到控制目标的主营业务活动汇总表

<table>
<tr><th>业务循环</th><th>主要业务活动</th><th>控制目标</th><th>相关交易和账户余额及其认定</th><th>原　因</th></tr>
<tr><td rowspan="3">采购与付款</td><td rowspan="3">维护供应商档案</td><td rowspan="3">确保供应商档案数据及时更新</td><td>应付账款：权利和义务、存在、完整性</td><td rowspan="3">未按政策及时维护供应商信息</td></tr>
<tr><td>管理费用：完整性、发生</td></tr>
<tr><td>销售费用：完整性、发生</td></tr>
</table>

注：如果本期执行控制测试的结果表明本循环与相关交易和账户余额及其认定有关的控制不能予以信赖，应重新考虑本期拟信赖的以前审计获取的有关其他循环的控制运行有效性的审计证据是否恰当。

③ 对相关交易和账户余额的审计方案。根据控制测试的结果，制定下列审计方案，如表 4-7 所示。

表 4-7　交易和账户余额审计方案表

受影响的交易和账户余额	对各类认定控制测试结果以及需要从实质性程序中获取的保证程度						
	完整性	发生/存在	准确性/计价和分摊	截　止	权利和义务	分　类	列　报
应付账款	不适用/高	支持/低	支持/低	不适用	支持/低	不适用	不适用/高
管理费用	支持/低	支持/低	支持/低	不适用/高	不适用	支持/低	不适用/高
销售费用	支持/低	支持/低	支持/低	不适用/高	不适用	支持/低	不适用/高

编制说明：

本审计工作底稿提供的审计方案示例，系以××公司财务报表层次不存在重大错报风险，受本循环影响的交易和账户余额层次也不存在特别风险为例，并假定不拟信赖与交易和账户余额列表认定相关的控制活动，仅为说明审计方案的记录内容。在执行财务报表审计业务时，注册会计师应运用职业判断，结合被审计单位的实际情况进行适当修改，不可一概照搬。

另外，如果本期执行控制测试的结果表明本循环与相关交易和账户余额及其认定有关的控制不能予以信赖，应重新考虑本期拟信赖的以前审计获取的有关其他循环的控制运行有效性的审计证据是否恰当。

（2）沟通事项

审计过程中应记录是否需要就已识别出的内部控制设计及运行方面的重大缺陷，并与适当层次的管理层或治理层进行沟通，如表 4-8 所示。

表 4-8　需要沟通的事项

需要与管理层沟通的事项：
1. 未按政策编制银行存款余额调节表，控制未得到执行
2. 未按政策及时维护供应商信息
3. 对已经接受劳务而尚未取得费用发票的支出，**公司未设计相应的控制活动以确保费用记录于适当期间

2．采购与付款业务循环控制测试程序及结果记录

被审计单位：			
项目：采购与付款业务循环——控制测试程序及结果记录	编制：	日期：	索引号：
财务报表截止日/期间：	复核：	日期：	页　次：

（1）了解采购与付款业务循环内部控制的初步结论（见表 4-9）

表 4-9　了解采购与付款业务循环内部控制的初步结论

结论：

注：根据了解本循环控制的设计并评估其执行情况所获取的审计证据，注册会计师对控制的评价结论可能是：① 控制设计合理，并得到执行；② 控制设计合理，未得到执行；③ 控制设计无效或缺乏必要的控制。

（2）采购与付款业务循环控制测试程序与结果

表 4-10　采购与付款业务循环控制测试程序与结果

主要业务活动	控制目标	被审计单位的控制活动	了解内部控制的结果		控制测试程序				控制测试结果	
			控制活动对实现控制目标是否有效（是/否）	控制活动是否得到执行（是/否）	控制测试程序	执行控制的频率	所测试的项目数量	控制测试过程记录索引号	控制活动是否有效运行	控制测试结果是否支持风险评估结论
采购	只有经过核准的采购订单、费用申请单才能发给供应商	采购部门收到请购单后，对金额在×××元以下的请购单由采购经理负责审批；金额在×××元至×××元的请购单由总经理负责审批；金额超过×××元的请购单需经董事会审批。发生销售（管理）费用支出的部门需填写费用申请单，其部门经理可以审批金额×××元以下的费用；金额在×××元至×××元的费用由总经理负责审批；金额在×××元以上的费用则需要得到董事会的批准	是	是	抽取请购单并检查是否得到适当审批	每日执行多次	**		是	支持
采购	已记录的采购订单内容准确	采购信息管理员将有关信息输入 Y 系统，系统将自动生成联系编号的采购订单（此时系统显示为“待处理”状态。） 每周，财务部门应付账款记账员汇总本周内生成的所有采购订单并与请购单核对，编制采购信息报告。如采购订单与请购单核对	是	是	抽取采购信息报告，检查其是否已复核，如有不符，是否已经	每周执行一次	**		是	支持

续表

主要业务活动	控制目标	被审计单位的控制活动	了解内部控制的结果		控制测试程序				控制测试结果	
			控制活动对实现控制目标是否有效（是/否）	控制活动是否得到执行（是/否）	控制测试程序	执行控制的频率	所测试的项目数量	控制测试过程记录索引号	控制活动是否有效运行	控制测试结果是否支持风险评估结论
		相符，应付账款记账员即在采购信息报告上签字。如有不符，应付账款记账员将通知采购信息管理员，与其共同调查该事项。应付账款记账员还需在采购信息报告中注明不符事项及其调查结果			及时调查和处理					
采购	采购订单均已得到处理	采购订单由 Y 系统按顺序的方式予以编号。每周，采购信息管理员核对采购订单，应付账款记账员编制采购信息报告，也会核对采购订单，对任何不符合连续编号的情况进行调查。	是	是	检查应付账款记账员是否已复核采购信息报告。同时，检查报告上的采购订单是否按顺序编号及是否出现任何不符合连续编号的情况	每周执行一次	**		是	支持

续表

主要业务活动	控制目标	被审计单位的控制活动	了解内部控制的结果		控制测试程序				控制测试结果	
			控制活动对实现控制目标是否有效（是/否）	控制活动是否得到执行（是/否）	控制测试程序	执行控制的频率	所测试的项目数量	控制测试过程记录索引号	控制活动是否有效运行	控制测试结果是否支持风险评估结论
记录应付账款	已记录的采购均确已收到物品	收到采购发票后，应付账款记账员将发票所载信息和验收单、采购订单进行核对。如所有单据核对一致，应付账款记账员在发票上加盖“相符”印戳并将有关信息输入系统，此时系统自动生成记账凭证过至明细账和总账，采购订单的状态也由“待处理”自动更改为“已处理”。如果发现任何差异，将立即通知采购经理或发生费用支出部门的经理，以实施进一步调查。如果采购经理或发生费用支出部门的经理认为该项差异可以合理解释，需在发票上签字并注明原因，特别批准授权应付账款记账员将该发票输入系统	是	是	抽取采购订单、验收单和采购发票，检查所载内容是否核对一致。检查发票上是否盖上“相符”印戳	每日执行多次	**		是	支持

续表

主要业务活动	控制目标	被审计单位的控制活动	了解内部控制的结果		控制测试程序				控制测试结果	
			控制活动对实现控制目标是否有效（是/否）	控制活动是否得到执行（是/否）	控制测试程序	执行控制的频率	所测试的项目数量	控制测试过程记录索引号	控制活动是否有效运行	控制测试结果是否支持风险评估结论
记录应付账款	已记录的采购均确已接受劳务	发生销售（管理）费用的部门收到费用发票后，其部门经理签字确认并交至应付账款记账员。 应付账款记账员对收到的费用发票、费用申请单和其他单据进行核对，核对内容包括有关单据是否经恰当人员审批，金额是否相符等。如所有单据核对一致，应付账款记账员在发票上加盖“相符”印戳并将有关信息输入系统，此时系统自动生成记账凭证过至明细账和总账。如果发现任何差异，将立即通知发生费用支出部门的经理，以实施进一步调查。如果发生费用支出部门的经理认为该项差异可以合理解释，需在发票上签字并注明原因，特别批准授权应付账款记账员将该发票输入系统	是	是	抽取费用发票，检查发票是否得到适当审批，并加盖“相符”印戳	每日执行多次	**		是	支持

续表

主要业务活动	控制目标	被审计单位的控制活动	了解内部控制的结果		控制测试程序				控制测试结果	
			控制活动对实现控制目标是否有效（是/否）	控制活动是否得到执行（是/否）	控制测试程序	执行控制的频率	所测试的项目数量	控制测试过程记录索引号	控制活动是否有效运行	控制测试结果是否支持风险评估结论
记录应付账款	已记录的采购交易计价正确	每月末，应付账款主管编制应付账款账龄分析报告，其内容还应包括应付账款总额与应付账款明细合计数，以及应付账款明细账与供应商对账单的核对情况。如有差异，应付账款主管将立即进行调查，如调查结果表明需调整账簿记录，应付账款主管将编制应付账款调节表和调整建议，附同应付账款账龄分析报告一并交至会计主管复核，经财务经理批准后方可进行财务处理	是	是	抽取应付账款调节表，检查调节项目与有效的支持性文件是否相符，以及是否与应付账款明细账相符	每月执行一次	**		是	支持
记录应付账款	与采购物品相关的义务均已确认并记录至应付账款	每月末，应付账款主管编制应付账款账龄分析报告，其内容还应包括应付账款总额与应付账款明细合计数，以及应付账款明细账与供应商对账单的核对情况。如有差异，应付账款主管将立即进行调查，如调查结果表明需调整账簿记录，应付账款主管将编制应	是	是	抽取应付账款调节表，检查调节项目与有效的支持性文件是否相符，以及是否与应付账款明细	每月执行一次	**		是	支持

续表

主要业务活动	控制目标	被审计单位的控制活动	了解内部控制的结果		控制测试程序				控制测试结果	
			控制活动对实现控制目标是否有效（是/否）	控制活动是否得到执行（是/否）	控制测试程序	执行控制的频率	所测试的项目数量	控制测试过程记录索引号	控制活动是否有效运行	控制测试结果是否支持风险评估结论
		付账款调节表和调整建议，附同应付账款账龄分析报告一并交至会计主管复核，经财务经理批准后方可进行财务调整			账相符					
记录应付账款	与接受劳务相关的义务均已确认并记录至应付账款。	每月末，应付账款主管编制应付账款账龄分析报告，其内容还应包括应付账款总额与应付账款明细合计数，以及应付账款明细账与供应商对账单的核对情况。如有差异，应付账款主管将立即进行调查，如调查结果表明需调整账簿记录，应付账款主管将编制应付账款调节表和调整建议，附同应付账款账龄分析报告一并交至会计主管复核，经财务经理批准后方可进行财务调整	是	是	抽取应付账款调节表，检查调节项目与有效的支持性文件是否相符，以及是否与应付账款明细账相符	每月执行一次	**		是	支持

续表

主要业务活动	控制目标	被审计单位的控制活动	了解内部控制的结果		控制测试程序				控制测试结果	
			控制活动对实现控制目标是否有效（是/否）	控制活动是否得到执行（是/否）	控制测试程序	执行控制的频率	所测试的项目数量	控制测试过程记录索引号	控制活动是否有效运行	控制测试结果是否支持风险评估结论
记录应付账款	采购物品交易记录于适当期间	每月末，应付账款主管编制应付账款账龄分析报告，其内容还应包括应付账款总额与应付账款明细合计数，以及应付账款明细账与供应商对账单的核对情况。如有差异，应付账款主管将立即进行调查，如调查结果表明需调整账簿记录，应付账款主管将编制应付账款调节表和调整建议，附同应付账款账龄分析报告一并交至会计主管复核，经财务经理批准后方可进行财务调整	是	是	抽取应付账款调节表，检查调节项目与有效的支持性文件是否相符，以及是否与应付账款明细账相符	每月执行一次	**		是	支持
记录应付账款	接受劳务交易记录于适当期间	每月终了，对已发生但尚未收到费用发票的支出，公司不进行账务处理	否	不适用					不适用	不适用

续表

主要业务活动	控制目标	被审计单位的控制活动	了解内部控制的结果		控制测试程序				控制测试结果	
			控制活动对实现控制目标是否有效（是/否）	控制活动是否得到执行（是/否）	控制测试程序	执行控制的频率	所测试的项目数量	控制测试过程记录索引号	控制活动是否有效运行	控制测试结果是否支持风险评估结论
付款	仅对已记录的应付账款办理支付	应付账款记账员编制付款凭证，并附相关单证，如费用申请单、费用发票及付款申请单等，提交会计主管审批。在完成对付款凭证及相关单证的复核后，会计主管在付款凭证上签字，作为复核证据，并在所有单证上加盖“核销”印戳	是	是	抽取付款凭证，检查其是否经由会计主管复核和审批，并检查有关的支票和信用证授权表是否得到适合人员的复核和审批	每日执行多次	**		是	支持
付款	准确记录付款	应付账款记账员编制付款凭证，并附相关单证，如费用申请单、费用发票及付款申请单等，提交会计主管审批。在完成对付款凭证及相关单证的复核后，会计主管在付款凭证上签字，作为复核证据，并在所有单证上加盖“核销”印戳	是	是	抽取付款凭证，检查其是否经由会计主管复核和审批，并检查有关的支票和信用证	每日执行多次	**		是	支持

续表

主要业务活动	控制目标	被审计单位的控制活动	了解内部控制的结果		控制测试程序				控制测试结果	
			控制活动对实现控制目标是否有效（是/否）	控制活动是否得到执行（是/否）	控制测试程序	执行控制的频率	所测试的项目数量	控制测试过程记录索引号	控制活动是否有效运行	控制测试结果是否支持风险评估结论
					授权表是否得到适合人员的复核和审批					
付款	付款均已记录	每月末，由会计主管指定出纳员以外的人员核对银行存款日记账和银行对账单，编制银行存款余额调节表，并提交给财务经理复核，财务经理在银行存款余额调节表上签字作为其复核的证据	是	否					不适用	不适用
付款	付款均于恰当期间进行记录	每月末，由会计主管指定出纳员以外的人员核对银行存款日记账和银行对账单，编制银行存款余额调节表，并提交给财务经理复核，财务经理在银行存款余额调节表上签字作为其复核的证据	是	否					不适用	不适用

续表

主要业务活动	控制目标	被审计单位的控制活动	了解内部控制的结果		控制测试程序				控制测试结果	
			控制活动对实现控制目标是否有效（是/否）	控制活动是否得到执行（是/否）	控制测试程序	执行控制的频率	所测试的项目数量	控制测试过程记录索引号	控制活动是否有效运行	控制测试结果是否支持风险评估结论
维护供应商档案	对供应商档案的变更均为真实和有效的	如需要对系统内的供应商信息做出修改，采购员填写更改申请表，经采购经理审批后，由采购信息管理员负责对更改申请表预先连续编号并在系统内进行更改	是	是	抽取更改申请表，检查其是否已经审批	每月执行一次			是	支持
维护供应商档案	供应商档案变更均已进行处理	采购信息管理员负责对更改申请表预先连续编号。每月末，采购信息管理员编制月度供应商信息更改报告，附同更改申请表的编号记录交由财务经理复核。财务经理核对月度供应商更改信息报告、检查实际更改情况和更改申请表是否一致、所有变更是否得到适当审批及编号记录表	是	是	抽取更改申请表，检查其是否已经复核	每月执行一次			是	支持

续表

主要业务活动	控制目标	被审计单位的控制活动	了解内部控制的结果		控制测试程序				控制测试结果	
			控制活动对实现控制目标是否有效（是/否）	控制活动是否得到执行（是/否）	控制测试程序	执行控制的频率	所测试的项目数量	控制测试过程记录索引号	控制活动是否有效运行	控制测试结果是否支持风险评估结论
		是否正确，在月度供应商信息更改报告和编号记录表上签字作为复核的证据。如发现任何异常情况，将进一步调查处理								
维护供应商档案	对供应商档案的变更均为准确的	如需要对系统内的供应商信息做出修改，采购员填写更改申请表，经采购经理审批后，由采购信息管理员负责对更改申请表预先连续编配号码并在系统内进行更改。每月末，采购信息管理员编制月度供应商信息更改报告，附同更改申请表的编号记录交由财务经理复核。财务经理核对月度供应商更改信息报告、检查实际更改情况和更改申请表是否一致、所有变更是否得到适当审批及编号记录表是否正确，在月度供应商信息	是	是	抽取更改申请表，检查其是否已经复核	每月执行一次			是	支持

续表

主要业务活动	控制目标	被审计单位的控制活动	了解内部控制的结果		控制测试程序				控制测试结果	
			控制活动对实现控制目标是否有效（是/否）	控制活动是否得到执行（是/否）	控制测试程序	执行控制的频率	所测试的项目数量	控制测试过程记录索引号	控制活动是否有效运行	控制测试结果是否支持风险评估结论
		更改报告和编号记录表上签字作为复核的证据。如发现任何异常情况，将进一步调查处理								
维护供应商档案	对供应商档案变更均已于适当期间进行处理	采购信息管理员负责对更改申请表预先连续编配号码。财务经理核对月度供应商更改信息报告、检查实际更改情况和更改申请表是否一致、所有变更是否得到适当审批以及编号记录表是否正确，在月度供应商信息更改报告和编号记录表上签字作为复核的证据。如发现任何异常情况，将进一步调查处理	是	是	抽取更改申请表，检查其是否已经复核	每月执行一次			否	支持

续表

主要业务活动	控制目标	被审计单位的控制活动	了解内部控制的结果		控制测试程序				控制测试结果	
			控制活动对实现控制目标是否有效（是/否）	控制活动是否得到执行（是/否）	控制测试程序	执行控制的频率	所测试的项目数量	控制测试过程记录索引号	控制活动是否有效运行	控制测试结果是否支持风险评估结论
维护供应商档案	确保供应商档案数据及时更新	采购信息管理员每月复核供应商档案。对两年内未与S公司发生业务往来的供应商，采购员填写更改申请表，经采购经理审批后交采购信息管理员删除该供应商档案。每半年，采购经理复核供应商档案	是	是	抽取供应商档案，检查其是否已及时更新	不定期				

编制说明：

本审计工作底稿记录注册会计师对控制测试的执行情况，包括拟执行的控制测试具体程序、有关控制的执行频率、拟测试的样本数量及执行相关程序的工作底稿的索引。

3．采购与付款业务循环控制测试过程记录

被审计单位：			
项目：采购与付款业务循环——控制测试过程记录	编制：	日期：	索引号：
财务报表截止日/期间：	复核：	日期：	页　次：

（1）询问程序

通过实施询问程序，被审计单位×××已确定下列事项，如表4-11所示。

表4-11　被审计单位确定事项

询问内容	询问对象	询问结果	执 行 人	相关底稿索引
本年度未发现任何特殊情况、错报和异常项目				
财务或采购部门的人员在未得到授权的情况下无法访问或修改系统内的数据				
本年度未发现本公司制定的有关采购与付款控制活动未得到执行的情况				
本年度未发现有关采购与付款控制活动发生变化				

（2）与采购材料有关的业务活动的控制测试（见表4-12）

表4-12　与采购材料有关业务活动的控制测试

主要业务活动	测试内容	测试项目1	测试项目2	测试项目3	测试项目4	测试项目5	……
采购	请购单编号#（日期）						
	请购内容						
	请购单是否得到适当的审批（是/否）						
	采购订单编号#（日期）						

续表

主要业务活动	测试内容	测试项目1	测试项目2	测试项目3	测试项目4	测试项目5	……
记录应付账款	采购发票编号#（日期）						
	验收单编号#（日期）						
	采购发票所载内容与采购订单、验收单的内容是否相符（是/否）						
	发票上是否加盖“相符”章（是/否）						
	转账凭证编号#（日期）						
	是否记入应付账款贷方（是/否）						
付款	付款凭证编号#（日期）						
	付款凭证是否得到会计主管的适当审批（是/否）						
	有关支持性文件上是否加盖“核销”章（是/否）						
	支票编号#/信用证编号#（日期）						
	收款人名称						
	支票/信用证是否已支付给恰当的供应商（是/否）						

（3）与费用有关的业务活动的控制测试（见表4-13）

表4-13　与费用有关的业务活动的控制测试

主要业务活动	测试内容	测试项目1	测试项目2	测试项目3	测试项目4	测试项目5	……
请购	费用申请单编号#（日期）						
	申请内容						
	费用申请单是否得到适当审批（是/否）						
	供应商名称						

续表

主要业务活动	测试内容	测试项目1	测试项目2	测试项目3	测试项目4	测试项目5	……
记录应付账款	发票编号#（日期）						
	发票是否得到适当审批（是/否）						
	费用申请单、发票与其他支持性文件所载内容是否相符（是/否）						
	发票上是否加盖“相符”章（是/否）						
	转账凭证编号#（日期）						
	是否记入应付账款贷方（是/否）						
付款	付款凭证编号#（日期）						
	付款凭证是否得到会计主管的适当审批（是/否）						
	有关支持性文件上是否加盖“核销”章（是/否）						
	支票编号#/信用证编号#（日期）						
	收款人名称						
	支票/信用证是否已支付给恰当的供应商（是/否）						

（4）与比较采购信息报告和相关文件（请购单）是否相符有关的业务活动的控制测试（见表4-14）

表4-14 与比较采购信息报告和相关文件（请购单）是否相符有关的业务活动的控制测试

序号	选择的采购信息报告期间	应付账款记账员是否已复核采购信息报告（是/否）	采购订单是否连续编号（是/否）	如有不符，是否已进行调查（是/否）	对不符事项是否已进行处理（是/否）
1					
2					
……					

（5）与应付账款调节表有关的业务活动的控制测试（见表 4-15）

表 4-15　与应付账款调节表有关的业务活动的控制测试

序号	供应商名称	应付账款调节表号码#（日期）	是否与支持文件相符（是/否）	是否经过适当审批（是/否）	是否已调节应付账款（是/否）
1					
2					
……					

（6）与供应商档案更改记录有关的业务活动的控制测试（见表 4-16）

表 4-16　与供应商档案更改记录有关的业务活动的控制测试

序号	更改申请表	更改申请表是否经过适当审批（是/否）	是否包含在月度供应商信息更改报告中（是/否）	月度供应商信息更改报告是否经适当复核（是/否）	更改申请表号码是否包含在编号记录表中（是/否）	编号记录表是否经适当复核（是/否）
1						
2						
……						

（7）与供应商档案及时维护有关的业务活动的控制测试（见表 4-17）

表 4-17　与供应商档案及时维护有关的业务活动的控制测试

序号	供应商名称	档案编号	最近一次与公司发生交易的时间	是否已按照规定对供应商档案进行维护（是/否）
1				
2				
……				

4.5 内部控制审计报告

4.5.1 审计报告的内容

内部控制审计报告是注册会计师执行内部控制审计工作的成果，通常应报告内部控制审计的对象、范围、公司及注册会计师各自的责任、审计意见及其他需披露的事项等内容。《企业内部控制审计指引》对审计报告的内容做了具体规定，标准内部控制审计报告应当包括下列要素：

- 标题；
- 收件人；
- 引言段；
- 企业对内部控制的责任段；
- 注册会计师的责任段；
- 内部控制固有局限性的说明段；
- 财务报告内部控制审计意见段；
- 非财务报告内部控制重大缺陷描述段；
- 注册会计师的签名和盖章；
- 会计师事务所的名称、地址及盖章；
- 报告日期。

4.5.2 审计报告的意见类型

内部控制审计报告的意见类型不同于财务报表审计报告的意见类型。内部控制审计报告的意见类型包括标准无保留意见、带强调事项段无保留意见、否定意见和无法表示意见、没有财务报表审计报告的保留意见类型。

对按照内部控制各项规章、制度在所有重大方面保持了有效的内部控制，并且审计范围没有受到限制的，注册会计师应当出具标准无保留审计意见；对财务报告内部控制虽不存在重大缺陷，但仍有一项或者多项重大事项需要提请内部控制审计报告使用人注意的，注册会计师应当在内部控制审计报告中增加强调事项段予以说明；对财务报告内部控制存在一项或多项重大缺陷的，除非审计范围受到限制，注册会计师应当对财务报告内部控制发表否定意见；对于审计范围受到限制的，注册会计师应解除业务约定或发表无法表示意见的审计报告，并详细载明已实施的审计程序中识别的内部控制重大缺陷。《内部控制审计指引》拟定了内部控制审计报告四种意见类型的报告参考格式，可供出具内部控制审计报告时参考。

附录：内部控制审计报告的参考格式

1．标准无保留意见内部控制审计报告

内部控制审计报告

××股份有限公司全体股东：

按照《企业内部控制审计指引》及中国注册会计师执业准则的相关要求，我们审计了××股份有限公司（以下简称××公司）××年××月××日的财务报告内部控制的有效性。

一、企业对内部控制的责任

按照《企业内部控制基本规范》、《企业内部控制应用指引》、《企业内部控制评价指引》的规定，建立健全和有效实施内部控制，并评价其有效性是企业董事会和经其授权的经理层的责任。

二、注册会计师的责任

我们的责任是在实施审计工作的基础上，对财务报告内部控制的有效性发表审计意见，并对注意到的非财务报告内部控制的重大缺陷进行披露。

三、内部控制的固有局限性

内部控制具有固有局限性，存在不能防止和发现错报的可能性。此外，由于情况的变化可能导致内部控制变得不恰当，或对控制政策和程序遵循的程度降低，根据内部控制审计结果推测未来内部控制的有效性具有一定风险。

四、财务报告内部控制审计意见

我们认为，××公司按照《企业内部控制基本规范》和相关规定在所有重大方面保持了有效的财务报告内部控制。

五、非财务报告内部控制的重大缺陷

在内部控制审计过程中，我们注意到××公司的非财务报告内部控制存在重大缺陷[描述该缺陷的性质及其对实现相关控制目标的影响程度]。由于存在上述重大缺陷，我们提醒本报告使用者注意相关风险。需要指出的是，我们并不对××公司的非财务报告内部控制发表意见或提供保证。本段内容不影响对财务报告内部控制有效性发表的审计意见。

××会计师事务所　　　　中国注册会计师：×××（签名并盖章）

（盖章）　　　　中国注册会计师：×××（签名并盖章）

中国××市　　　　××年×月×日

2．带强调事项段的无保留意见内部控制审计报告

内部控制审计报告

××股份有限公司全体股东：

按照《企业内部控制审计指引》及中国注册会计师执业准则的相关要求，我们审计了××股份有限公司（以下简称××公司）××年××月××日的财务报告内部控制的有效性。

一、企业对内部控制的责任

按照《企业内部控制基本规范》、《企业内部控制应用指引》、《企业内部控制评价指引》的规定，建立健全和有效实施内部控制，并评价其有效性是企业董事会的责任。

二、注册会计师的责任

我们的责任是在实施审计工作的基础上，对财务报告内部控制的有效性发表审计意见，并对注意到的非财务报告内部控制的重大缺陷进行披露。

三、内部控制的固有局限性

内部控制具有固有局限性，存在不能防止和发现错报的可能性。此外，由于情况的变化可能导致内部控制变得不恰当，或对控制政策和程序遵循的程度降低，根据内部控制审计结果推测未来内部控制的有效性具有一定风险。

四、财务报告内部控制审计意见

我们认为，××公司按照《企业内部控制基本规范》和相关规定在所有重大方面保持了有效的财务报告内部控制。

五、非财务报告内部控制的重大缺陷

在内部控制审计过程中，我们注意到××公司的非财务报告内部控制存在重大缺陷[描述该缺陷的性质及其对实现相关控制目标的影响程度]。由于存在上述重大缺陷，我们提醒本报告使用者注意相关风险。需要指出的是，我们并不对××公司的非财务报告内部控制发表意见或提供保证。本段内容不影响对财务报告内部控制有效性发表的审计意见。

六、强调事项

我们提醒内部控制审计报告使用者关注，[描述强调事项的性质及其对内部控制的重大影响]。本段内容不影响已对财务报告内部控制发表的审计意见。

××会计师事务所　　　　中国注册会计师：×××（签名并盖章）

（盖章）　　　　中国注册会计师：×××（签名并盖章）

中国××市　　　　××年×月×日

3. 否定意见内部控制审计报告

内部控制审计报告

××股份有限公司全体股东：

按照《企业内部控制审计指引》及中国注册会计师执业准则的相关要求，我们审计了××股份有限公司（以下简称××公司）××年××月××日的财务报告内部控制的有效性。

一、企业对内部控制的责任

按照《企业内部控制基本规范》、《企业内部控制应用指引》、《企业内部控制评价指引》的规定，建立健全和有效实施内部控制，并评价其有效性是企业董事会的责任。

二、注册会计师的责任

我们的责任是在实施审计工作的基础上，对财务报告内部控制的有效性发表审计意见，并对注意到的非财务报告内部控制的重大缺陷进行披露。

三、内部控制的固有局限性

内部控制具有固有局限性，存在不能防止和发现错报的可能性。此外，由于情况的变化可能导致内部控制变得不恰当，或对控制政策和程序遵循的程度降低，根据内部控制审计结果推测未来内部控制的有效性具有一定风险。

四、导致否定意见的事项

重大缺陷，是指一个或多个控制缺陷的组合，可能导致企业严重偏离控制目标。

[指出注册会计师已识别出的重大缺陷，并说明重大缺陷的性质及其对财务报告内部控制的影响程度。]

有效的内部控制能够为财务报告及相关信息真实完整提供合理保证，而上述重大缺陷使××公司内部控制失去这一功能。

五、财务报告内部控制审计意见

我们认为，由于存在上述重大缺陷及其对实现控制目标的影响，××公司未能按照《企业内部控制基本规范》和相关规定在所有重大方面保持有效的财务报告内部控制。

六、非财务报告内部控制的重大缺陷

[参见标准内部控制审计报告相关段落表述。]

××会计师事务所　　　　中国注册会计师：×××（签名并盖章）

（盖章）　　　　　　　中国注册会计师：×××（签名并盖章）

中国××市　　　　　　　　　　　　××年×月×日

4．无法表示意见内部控制审计报告

内部控制审计报告

××股份有限公司全体股东：

我们接受委托，对××股份有限公司（以下简称××公司）××年××月××日的财务报告内部控制进行审计。

一、企业对内部控制的责任

按照《企业内部控制基本规范》、《企业内部控制应用指引》、《企业内部控制评价指引》的规定，建立健全和有效实施内部控制，并评价其有效性是企业董事会的责任。

二、内部控制的固有局限性

内部控制具有固有局限性，存在不能防止和发现错报的可能性。此外，由于情况的变化可能导致内部控制变得不恰当，或对控制政策和程序遵循的程度降低，根据内部控制审计结果推测未来内部控制的有效性具有一定风险。

三、导致无法表示意见的事项

[描述审计范围受到限制的具体情况。]

四、财务报告内部控制审计意见

由于审计范围受到上述限制，我们未能实施必要的审计程序以获取发表意见所需的充分、适当证据，因此，我们无法对××公司财务报告内部控制的有效性发表意见。

五、识别的内部控制重大缺陷 [如在审计范围受到限制前，执行有限程序未能识别出重大缺陷，则应删除本段。]

重大缺陷，是指一个或多个控制缺陷的组合，可能导致企业严重偏离控制目标。

尽管我们无法对××公司财务报告内部控制的有效性发表意见，但在我们实施的有限程序的过程中，发现了以下重大缺陷：

[指出注册会计师已识别出的重大缺陷，并说明重大缺陷的性质及其对财务报告内部控制的影响程度。]

有效的内部控制能够为财务报告及相关信息真实完整提供合理保证，而上述重大缺陷使××公司内部控制失去这一功能。

六、非财务报告内部控制的重大缺陷

[参见标准内部控制审计报告相关段落表述。]

××会计师事务所　　　　中国注册会计师：×××（签名并盖章）

（盖章）　　　　中国注册会计师：×××（签名并盖章）

中国××市　　　　××年×月×日

上市公司应特别关注的内部控制事项

尽管作为公众公司，上市公司在构建内部控制体系时要注重控制事项的全面性，但是由于上市公司关联交易违规事件频发，并购涉及资金额度高、风险大，以及具有信息披露义务等特点，因此在构建内部控制体系时，公司还应根据自身特点突出内部控制建设的重点，关注关联交易、并购和信息披露方面存在的风险事项，并制定控制措施。

5.1 关联交易

上市公司关联交易主要指上市公司及其控股子公司与关联方之间发生的交易。关联交易的特点主要表现为：一是关联交易可用于特殊目的；二是关联交易双方的地位可能存在不平等；三是关联交易具有隐蔽性。关联方之间交易的实质是使参与交易的各方受益，即能够让双方或多方之间在交易中获得所需的利益。从关联交易概念及其特点可以看出，关联交易没有合法与不合法之分，而只有公允与非公允的区别。公允的关联交易是以正常的市场价格作为交易的定价原则，其实质就是等价交换，是受法律保护的。而非公允的关联交易则是公司的关联方利用自身对公司的控制权或重大影响力，操纵交易价格偏离正常市价，最终损害其他利益相关者利益的一种行为。

我国证券市场建立以来，关联交易就成为上市公司普遍存在而又较难规范的行为之一。其涉及面之广、金额之巨，在世界各个证券市场上都是少见的。关联交易就其性质而言，属于中性范畴，是一种合法的商业交易行为，它虽然不是单纯的市场行为，但也不属于“暗箱”交易；就其经济影响而言，存在积极的一面，例如，从有利的方面来讲，公允的关联交易能够降低交易成本，优化资本结构，帮助公司实现利润最大化，但在实际操作中关联方与上市公司通常以不公平的交易转移利润或谋求某些不正当的个人利益或小集体利益，从而产生非公允关联交易。上市公司关联方通过非公允关联交易占有上市公司的利益，使得非公允关联交易成为控制方公司掠夺子公司资源与利益的一种重要手段，成为上市公司进行财务报表粉饰、转移利润、逃避税收的工具，严重损害了广大投资者尤其是中小投资者的利益，扰乱了正常的市场经济秩序，也给关联交易双方当事公司发展造成严重的不利影响，甚至可能导致公司破产。因此说，关联交易是一把“双刃剑”。

5.1.1 我国上市公司关联交易内部控制现状

要对我国上市公司关联交易内部控制建设提出有效的指导意见，首先要对我国上市公司关联交易内部控制的现状有一个全面完整的认识。我们于 2008 年 11 月通过问卷的方式对上海证券交易所和深圳证券交易所主板的上市公司，以及深圳证券交易所中小板的上市公司关联交易内部控制状况做了一次抽样调查。最终共有 1 030 家公司提交了关联交易内部控制问卷，占全部上市公司（1 604 家）的 64.21%。

下面是对问卷调查的统计结果分析。

1. 上市公司对关联交易内部控制的认识

随着上市公司治理结构逐步完善，治理水平不断提高，关联交易审批程序更加严格、规范，大多数公司（60%）认为近年来上市公司通过关联交易操纵利润的行为逐渐减少。但同时，也有 22%的上市公司认为，随着监管措施的不断完善，上市公司关联交易也出现非关联化，甚至是隐形化的特征，从而导致表面上的关联交易数量出现下降。

大多数公司认为上市公司发生非公允关联交易的动机在于大股东利益输送（43%）和粉饰公司业绩（29%），认为出于逃避税负动机的公司仅占1%。同时，有少数公司认为可能存在不得已的情况，比如，公允价值界定困难，或由于历史和承担社会责任等原因，不得不运用协议价格等。

绝大多数公司认为关联交易不公允的根源主要集中于公司治理结构存在缺陷（35%）、经营不独立（31%）和内部控制制度不健全（27%）。理论上，所有关联交易的决策程序、交易条件等都受到公司治理结构的规范和约束，并由治理结构的各方按照既定职责组织实施，公司治理结构的完善性和有效性决定了关联交易的公允性。另外，由于历史原因，上市改制的不彻底导致上市公司经营不独立，与关联方之间不可避免地存在严重的关联交易，也容易造成关联交易不公允的情况发生。当然，更为直接的原因在于上市公司关联交易内部控制制度本身不健全，或者执行不到位，流于形式。

大多数公司（83%）认识到了公司高层（董事会及管理层）对关联交易内部控制的责任，但认为董事会有必要设立专门的关联交易审核委员会的公司仅占36%。

根据调查结果，只有3%的公司认为大部分上市公司在建立关联交易内部控制相关制度时非常清楚该如何建立，另有10%认为大多数公司不知从何处入手，需要外部专业机构的帮助。

然而制度的建立只是基础，制度的执行才是关键。在了解了我国上市公司关联交易内部控制制度的建立情况后，问卷继续深入调查了制度的执行情况。结果表明：认为在大部分上市公司中能严格执行相关制度的仅占12%，并且表示在实施中基本没有障碍的也只有 18%；26%的上市公司认为关联交易内部控制的要求过于烦琐，缺乏可操作性，另有13%的上市公司认为实施成本过高；表示对关联交易内部控制具体内容比较陌生和不清楚应如何实施的上市公司分别占了13%和17%。

另外，10%的公司认为大多数上市公司实施相关制度的主要障碍在于公司没有认识到关联交易内部控制的重要性，认为该行为对公司意义不大。

按照《企业内部控制基本规范》中的五个基本要素，问卷还要求上市公司就关联交易内部控制的主要问题做出评价，结果显示，认为公司在这五个方面没有问题的仅占6%，即绝大多数公司认为上市公司在关联交易内部控制上存在缺陷。其中，认为内部监督缺乏是主要问题的占26%；认为控制环境不佳的占18%，认为缺乏适当的控制活动的占18%，认为企业风险意识不强的占16%，认为信息沟通不顺畅的占13%。由此可见，关联交易内部控制在这五个方面均有改善的余地。

公司普遍认为，目前关联交易内部控制在规范决策程序（21%）、增加信息披露透明度（21%）、定价和执行（18%）方面均发挥了积极的作用，但认同关联交易内部控制可直接减少非公允关联交易数量的公司仅占13%。也有公司在调查中表示，关联交易内部控制的积极意义在于令上市公司形成正确的意识，促进关联交易的规范化发展。

针对关联交易定价政策，大多数上市公司（66%）认为我国有必要参照国际会计准则对关联交易的定价方法进行规范。

为了给规范上市公司关联交易行为、减少不公允关联交易的发生这一目标提供有效的参考，问卷进一步询问了上市公司对当前监管重点的建议。建议当前关联交易监管的重点应该在于推动上市公司不断完善关联交易内部控制制度的上市公司占25%，建议推动上市公司不断完善公司治理指标，提高独立董事、监事履职能力和监督管理水平的上市公司占24%。他们认为监管部门应推动上市公司进一步完善法人治理结构，以强调股权的适度集中、充分发挥股东对管理层的监督为目标来优化公司股权结构，同时建立健全公司治理长效机制，不断完善内部控制制度，明确独立董事、监事在公司经营、财务监督上的职责分工，提高其专业能力，充分发挥其监督管理作用。同时，建议加大责任追究力度，建立违法违规关联交易责任人的民事赔偿机制的上市公司占 21%。另外，部分公司还建议当前监管应当进一步加强对公司上市环节中关联交易的监管占到 18%，认为在公司上市环节控制不公平关联交易，可以增强上市公司的独立经营能力，减少在后续经营过程中不公平关联交易的发生。

2. 上市公司建立关联交易内部控制的情况

尽管部分上市公司利用资产重组减少或消除了与控股股东之间存在的日常、持续性关联交易，但个别上市公司（2%）主营业务严重依赖关联方及关联交易的情况依然存在，也有 20%的上市公司表示其主营业务对关联交易有一定依赖性。

调查结果显示，83%的上市公司认识到了公司高层（董事会及管理层）对关联交易内部控制的责任,但对其具体作为进一步调查时发现,只有 70%上市公司董事会曾经专门讨论过关联交易内部控制事宜及相关制度。另外，仅 36%的上市公司认为董事会有必要设立专门的关联交易审核委员会，而在实际操作过程中，95%的上市公司都没有建立专门的关联交易审核委员会。这些都从一个侧面反映了我国上市公司对关联交易内部控制的重视程度不够，职责施行上的重视程度也不够。

从关联交易内部控制制度的建设情况看，50%的上市公司目前已建立了专门的关联交易内部控制制度，另有 44%的公司表示虽然没有建立专门的内部控制制度，但相关内容被涵盖在其他的控制制度中。

通过对具体环节的调查统计，我们发现上市公司对关联交易内部控制制度的建设仍不够完善细致，执行过程中随意性较大。

关联方的界定是关联交易内部控制的首要问题。上市公司应依据会计准则和监管部门的有关规定，遵循实质重于形式的原则，准确划定关联方的范围，确定关联交易所包含的事项，定期编制并及时更新股权结构图和关联方名单。但尽管95%的上市公司表示已形成专门的关联交易内部控制制度或在其他控制制度中包含了相关内容，但只有71%的上市公司指定专门部门或专人对关联方名单进行审核，而至少每季度更新一次的仅占14%，表示关联方名单更新频率不固定的仅占51%，由此可见，上市公司关联交易内部控制制度的建设仍不够完善细致，导致在执行过程中的随意性较大。

关联交易定价是否公允是判断交易是否公允的关键因素。上市公司应当遵循商业原则，根据公允、合理的定价原则确定关联交易的具体价格，并应当定期对关联交易的定价及价格执行情况进行审核、分析。对涉及股权转让、资产置换等方面的重大关联交易，还应当聘请相关中介机构提供专业咨询服务。但调查结果显示，仅65%的上市公司指定了专门部门或专人对关联交易定价及价格执行情况进行审核分析。

为避免非公允的关联交易对上市公司和中小股东利益造成损害，关联交易应当有合理、透明的决策权限和决策程序。一方面应建立关联交易分级授权审批制度，严禁越权审批；另一方面要建立关联交易事项回避审议制度，同时确立独立董事对重大关联交易的审核制度。根据调查统计，89%的上市公司已对不同性质和金额的关联交易明确了审批权限，同时94%的上市公司也明确了其决策程序。

一个完整的内部控制制度应该包括制度形式的完整和制度内容的完整两个方面。在制度形式上，一般来说应该包括文字描述、流程图和相关表格等三个基本要素。然而调查结果显示，尽管94%的上市公司明确了关联交易的决策程序，但在制度形式上多以文字说明为主（43%），而对流程图及相关表格较为忽视，采用比率仅达到 14%，另外还有高达 37%的上市公司对具体操作流程没有成文规定。这将使公司在制度的执行上缺少直观的指导和有效的留档记录，从而给关联交易内部控制的实施带来风险。

关联交易内部控制制度的有效执行还有赖于内部控制监督检查机制的建立和实施。在样本公司中，高达 58%的上市公司还没有建立专门的检查监督机制，50%的上市公司没有设立专门的部门或由专人负责这一职能，这也是目前我国上市公司关联交易内部控制实施状况不理想的原因之一。

目前，上市公司的关联交易内部控制检查监督制度存在以下问题：首先，各项内容指标的比例均较低，没有真正建立起一套完整的检查监督办法；其次，检查监督工作的激励机制较差，设立该机制的公司仅占 3%。

上市公司应当结合检查监督工作，定期对关联交易内部控制的健全性、合理性与有效性进行自我评估，或者适当借助中介机构或相关专业人员提供的咨询服务，对其制度的建立健全及有效实施进行评价，以不断改进和完善关联交易内部控制制度，不断提高内部控制的效能。根据调查统计，目前已有 30%的上市公司聘请了中介机构或专业人员提供该项服务。

调查结果还显示：在过去 3 年中，90%的上市公司独立董事没有就关联交易事项在董事会表决中提出过异议或修改意见，93%的监事会没有对关联交易的审议、表决、履行、披露情况提出过异议或修改意见。

5.1.2 上市公司关联交易中常见风险事项分析

一般来说，上市公司关联交易中常见的风险事项有以下四点。

1. 关联方界定不准确

由于上市公司的股权变动存在不确定性，因此在实际操作中，很容易出现对关联方界定不准确的情况。对关联方的界定主要通过定期收集上市公司股权变动情况，及时根据股权变动情况来确定关联方关系是否发生变化。上市公司应定期对关联方名单进行更新。

2. 关联交易未经适当审批或超越授权审批

关联交易操作程序不当，没有事先经过审批，会因出现差错或是某些人员的舞弊、欺诈行为导致公司的损失。上市公司应采取授权审批制度，把审批分为日常关联交易和非日常关联交易，明确具体授权，严格管理公司的授权审批制度，推行职务不兼容制度。职务不兼容制度是指针对那些由一个人担任，既可能发生错误和舞弊又可掩盖其错误和弊端的职务，分别设置不同的人员。目前许多上市公司仍存在交叉任职的现象，董事长和总经理为一人，董事会和总经理成员重叠，后果是董事会与总经理成员之间权责不清、制衡力度锐减，导致关键人独揽大权，集决策权、执行权和监督权于一身，并具有较大的任意性。

3. 关联交易定价不合理

有些公司出于转移利润和资源的考虑，可能会采取操纵交易价格的行为。由于关联交易方的特别关系，关联方的交易还会受到外在因素的影响，例如，两家公司同是一家公司的子公司，由于利润及业绩的需要，母公司可能会通过影响两家子公司之间的交易价格来操纵利润。要保证交易定价的合理性，就要规范定价机制实际中，可以结合历史数据定价，也可咨询外部独立的财务顾问、律师及审计师的意见定价。

4. 关联交易的披露违反法律法规

上市公司充分、及时地披露所有重大关联交易事项是关联交易内部控制的重要环节。我国实行强制性信息披露制度，关联交易的信息披露一直被列为信息披露的重点内容。我国已颁布的会计准则、股票上市规则等对关联方关系的界定，以及关联交易披露的内容、格式和方法都做出了详细的规定。然而，因关联交易信息披露存在问题而受到证监会和证券交易所处罚或谴责的上市公司占被处罚或谴责的上市公司的 90%。上市公司关联交易披露违反法律法规的主要表现有：一是用会计准则或其他政策法规的不完善性，掩饰非正常关联交易；二是关联交易内容披露不全或失实，例如，对有关交易要素（如交易金额或相应的比例、未结算项目的金额或相应的比例、交易价格、定价策略等）往往不予披露，三是对关联交易的内容披露含糊不清，许多上市公司在揭示股东持股情况时，掩盖了许多关联方，有的上市公司只说明关联交易，未说明关联方究竟是何关系，有的只说明交易量，没有说明金额的方向；四是在关联交易披露中，重形式、轻实质的问题比较严重；五是对关联方的关联交易刻意隐瞒，拒不披露。

5.1.3 上市公司关联交易内部控制

1. 关联方及关联交易的界定与控制

对关联方界定的不准确，可能会导致财务报告信息不真实、不完整。因此，上市公司应指定专门部门或专人编制关联方名单，并定期（至少每季度）更新一次。无论关联方名单是否发生变动，均应当将更新后的关联方名单及时发送公司管理层和各业务部门共同掌握。另外，公司应明确财会部门、相关业务部门及审计委员会（或类似机构）等均有责任向指定部门反馈相关变动信息或异常情况。在判断关联关系时存在疑惑的情况下，也应及时向指定部门进行咨询，如确认为新增关联单位，则及时更新关联方名单。

2. 关联交易授权审批控制

关联交易未经适当审批或超越授权审批，可能会因出现重大差错或是某些人员的舞弊、欺诈行为而导致公司的损失。为避免非公允关联交易对上市公司和中小股东利益的损害，关联交易应当有合理、透明的决策程序和决策权限，主要通过以下制度来保证。

（1）建立关联交易分级授权审批制度

根据关联交易的风险和重要性程度，对关联交易进行分类管理，分别赋予股东大会、董事会、董事长或其授权代表相应的审批权限，严禁越权审批。考虑到相当一部分企业的日常性关联交易频率高，但金额有限，如果一味地从严控制，要求参照非日常性关联交易的审批规定，则不仅会严重影响公司的交易效率，同时也造成公司运营成本的不必要增加。有鉴于此，从成本效率相权衡的角度出发，上市公司可以对关联交易进行分类管理。

（2）建立关联交易事项回避审议制度

当股东大会、董事会对某一项关联交易做出决议时，与该关联交易有利害关系的股东、董事不得就其持有的股份行使表决权，并应当予以回避。

（3）建立独立董事对重大关联交易的审核制度

独立董事应当对关联交易的公允性进行事前审核，并对关联交易是否履行法定批准程序发表独立意见。独立董事至少应每季度查阅一次公司与关联方之间的资金往来情况，了解公司是否存在被控股股东及其关联方占用、转移公司资金、资产及其他资源的情况，如发现异常情况，及时提请公司董事会采取相应措施。

3. 关联交易定价控制

关联交易定价不合理，可能导致公司资产损失或中小股东权益受损。

如前所述，由于关联单位置身于同一利益共同体内，为谋求这个共同体的最大利益，他们往往会精心制定相互间交易的内部价格。该价格可以远高于或低于会计成本，在某些情况下，甚至与实际成本没有直接的关系。所以，关联交易定价政策是关联交易的一个核心问题。

因此，公司应当建立关联交易询价制度，明确关联交易询价程序，确保关联交易的公允。关联交易的价格应遵循公平交易原则，即要求关联单位把关联交易视同与独立第三方进行交易。交易双方应根据关联交易事项的具体情况确定定价方法，并在相关的关联交易协议中予以明确。超出授权范围的定价，应报授权部门审批。同时，公司应定期对关联交易定价及价格执行情况进行审核、分析，必要时，应聘请专业评估师或财务顾问等相关中介机构为公司提供专业咨询服务。

根据经济学原理，一家公司承担的职能越多，风险越高，理论上该公司应赚取的利润及获得的回报也应越多。反之，如果该公司或部门只承担有限的职能和风险，那么可以预期它所产生的利润应是较少而稳定的。从这一角度来看，唯有关联交易与非关联交易在诸多方面高度可比，如购销过程（包括交易的时间与地点、交货手续、支付条件、交易数量等）、购销环节（包括出厂环节、批发环节、零售环节等）、购销货物（包括品牌、规格、型号、性能、结构、外形、包装等）、购销环境（包括社会环境、政治环境、经济环境等）均可比，才可以简单地将市价（或非关联方之间的交易价格）视为公平交易价格，而在通常情况下，集团内部关联企业之间的交易在合同条款、销售流程等诸多方面都与独立第三方之间的交易不同，因而所承担的职能风险也有显著差异。有鉴于此，不建议在关联交易定价控制中，将是否等同于市价或独立第三方价格作为判断定价公允性的依据。

在关联交易定价方法的规范方面，监管部门可参照国际会计准则对关联交易的定价方法进行规范，包括非受控可比价格法、再销售价格法和成本加成法等，如表 5-1 所示，也可参照经合组织的规定，在上述三种方法无法实施时，可采用交易净利润率法和利润分割法，以利润为基础，通过比较具体交易项目的利润，推断关联交易价格是否合理。

在引入上述方法的同时，应详细解释说明各种方法的适用条件、适用范围及优缺点等。同时，细化可比性的规定与说明，引入“公平交易值域”的概念和衡量标准，以使关联交易定价趋于更加合理。

表 5-1　关联交易定价方法

方　法	实施方法	适用条件
可比非受控价格法	参照与无关联关系的第三方进行可比产品交易的价格定价	适用于相同交易条件下与同一产品既存在关联方销售又有非关联方销售的情况
再销售价格法	以关联交易中的买方再销售价格扣除它所得的一定毛利后的净额定价	适用于简单分销企业
成本加成法	以关联交易的卖方参照同行业平均利润率在成本的基础上加成定价	适用于制造产品或提供服务的交易情形，但对于会计处理一致性和成本结构的可比性较为严格
交易净利润率法	可视为完全成本加成率法，参照没有关联关系的交易各方进行相同或者类似业务往来取得的净利润水平确定利润的方法	适用于分析受控企业的营业利润，并且对交易、功能、会计处理的可比性要求较之传统交易方法更为宽松
利润分割法	将企业与其关联方的合并利润或者亏损在各方之间采用合理标准进行分配的方法	适用于交易双方都拥有无形资产的关联交易

除此之外，也应规范有关定价政策的披露，即要求公司在财务报告中详细披露关联交易定价的基本要素，包括价格制定的方法、成本或市价、净利润或毛利率、选择该方法的理由、与公平市价的差异及对财务报表的

影响等信息，并提供由独立财务顾问签发的关于关联交易是否公平的声明。

4. 关联交易执行控制

关联交易执行不当，可能导致公司经营效率低下或资产遭受损失。

关联交易合同一经确定，公司各部门应当严格按照批准后的交易条件进行交易。关联交易执行过程中，任何人不得自行更改交易条件，如因实际情况变化确需更改时，则应按照更改后的交易条件重新确定审批权限，并履行相应的审批程序。

公司有必要指定专门部门或专人定期对关联交易执行情况进行监督检查，对出现的问题应及时进行分析和改进，对发现的违规行为应及时通报情况，并严格追究相关责任人的责任。同时，应该定期对本公司的内部控制体系进行评价，提出改进和完善的建议，以充分发挥内部控制的作用，提高其实施质量和水平。

另外，公司可建立关联交易内部报告制度，采取有效措施防范关联方以垄断采购和销售业务渠道等方式干预公司经营，防止控股股东及其关联方以各种形式占用或转移资金、资产及其他资源，不得为股东及其关联方提供担保。若发现异常情况，应立即提请董事会采取相应措施，并及时向证券监管机构报告。

5. 关联交易信息披露控制

关联交易及其披露违反国家法律法规，可能遭受外部处罚、经济损失和信誉损失。

公司应指定专门部门或专人对相关信息进行审批，并充分利用管理信息系统，确保内部控制有效实施。上市公司应确保关联交易信息披露的真实性，避免出现虚假记载、误导性陈述等情形，建立重大信息对外披露制度，明确规定重大信息的范围和内容，确保在成本效益原则的基础上披露所有重要信息，避免出现重大遗漏。因此，在重大关联交易经股东大会或董事会审议批准后，经相关的信息披露程序，上市公司应及时向证券监管机构报告，并向社会公众公告，披露关联方关系及关联方交易，包括关联方关系的性质、交易类型及交易要素等信息，以维护投资者、债权人等利益相关者的合法权益。

5.1.4 关联交易内部控制典型案例分析

1. 帕玛拉特关联交易案例分析

（1）帕玛拉特案例简介

帕玛拉特公司成立于1961年，于1990年上市，其创始人卡利斯托·坦齐(Calisto Tanzi)及其家族是绝对的控股股东(坦齐家族占有51%的股份)，企业控制权集中在坦齐家族手里。帕玛拉特公司是意大利的第8大企业，位居2003年全球500强的第369位，位居食品生产企业的前10名。2003年11月中旬公司突然宣布无法偿还到期价值1.5亿欧元的债券，继而公司宣称无法清偿约5亿欧元的共同基金。2003年12月27日，帕玛拉特向帕尔马地方破产法院申请破产保护并得到批准。

在初步调查之后，意大利检查人员表示，在过去长达15年的时间里，帕玛拉特管理当局通过伪造会计记录，以虚增资产的方法弥补了累计高达162亿美元的负债漏洞。帕玛拉特成立了许多担负特殊“任务”的财务公司，舞弊行为主要集中在帕玛拉特与它们之间的关联交易环节。

此外，帕玛拉特公司创始人卡利斯托·坦齐还在荷属安的列斯群岛注册了 Curcastle、Zilpa 两家公司作为转移资产的工具，伪造文件“证明”帕玛拉特公司对上述两家公司负债，将资金转入这两家公司，两家公司随后依据伪造的合同将债款支付给坦齐家族控制的公司。1990—1998 年，卡利斯托·坦齐从帕玛拉特公司抽逃资金 3.25 亿美元。1998 年，Curcastle、Zilpa 两家公司虚假负债达 19 亿美元。2002 年，坦齐家族在开曼注册 Epicurum 基金，募资总额 10 亿美元，成立后两个月内，帕玛拉特公司就向该基金投资 6.17 亿美元，并承诺继续投资 1.54 亿美元，占该基金募资总额的 70%以上，而该基金的唯一目的就是向坦齐家族转移资产。

（2）帕玛拉特案例反映的问题

① 公司治理结构的缺陷。帕玛拉特由家族控制，股权集中，在公司治理结构上存在着本质的缺陷，管理层、董事会和大股东俨然一体。为了追求家族成员利益的最大化，往往会侵蚀小股东的利益。在帕玛拉特 13 位董事中，有 10 位是坦齐家族的血亲或姻亲，3 位被归为独立董事的专业人士，与坦齐家族有着长远且良好的关系。大股东常身兼高层管理人员，对公司重大政策拥有决策权。

② 内部控制缺位。帕玛拉特公司为家族所控制，董事会与管理当局混同，监督与被监督不分明。公司内部尽管有了书面的内部控制和内审制度，然而只是表面文案，并未真正将其视为公司管理所必须并切实遵循。内部控制的有效性及品质与公司管理者息息相关，而在管理者缺少制衡和监督的情形下，管理当局保持自律自重无疑非常困难。在帕玛拉特内部，财务控制人员不但没有履行控制之责，反而成了管理当局造假的帮手，如内部审计人员波契向检察官承认伪造了美洲银行对近 40 亿美元虚假账目的确认函。从帕玛拉特随意转移资金，以及为了融资或树立良好的信用形象，虚构资产，隐瞒负债，大肆伪造会计文件，即可看出其内部控制形同虚设。

③ 内部审计失效。帕玛拉特设有内部审计师。按照意大利的法律，内部审计师的选择是通过所谓的“Voto Di Lista”机制。董事会下设的内部审计委员会的人员组成存在缺陷，有的内部董事同时在内部审计委员会和执行委员会任职，内部审计委员会基本上被大股东所控制，实际上，内部审计委员会基本上被坦齐等一小圈人控制。帕玛拉特没有遵循公司治理原则中关于内部审计的规定，审计委员会缺乏独立性导致外部审计师的选聘和选聘到的外部审计师都缺乏独立性。

④ 外部审计师强制轮换流于形式。在欧洲，意大利有着最严格的公司审计方面的管制。意大利法律规定外部审计人员每 3 年指定一次，连续 3 次就必须轮换审计公司，并限制审计人员为客户提供其他服务。从 1990—1998 年，均富公司一直为帕玛拉特提供审计服务。1999 年起，德勤公司担任帕玛拉特的外部审计师。调查显示，1999—2002 年，尽管均富只审计帕玛拉特集团 137 个成员中的 17 个，但其审计的资产份额悄然从 22%升至 49%，在这种情况下，德勤能否作为主审会计师事务所值得商榷。均富所审计公司的资产份额不断上升，且舞弊最严重的四家公司（Curcasde、Zdpa、Boidat 和 Epicurum）均由均富审计。

2. 中国铝业关联交易案例分析

（1）公司概况

中国铝业股份有限公司是 2001 年 9 月 10 日由中国铝业公司、广西投资集团有限公司和贵州省物资开发投资公司作为发起人，以发起方式在北京设立的股份有限公司。公司主要从事于氧化铝提炼、电解铝电解及铝产品加工。

中国铝业的经营业务与控股股东和其他关联企业不存在依赖关系，其主要关联交易方为中铝公司及其控股子公司。近年来，公司的日常性关联交易较频繁，非日常性关联交易较少。

（2）中国铝业关联交易内部控制

财务部是中国铝业关联交易的日常管理部门，公司董事会秘书室和财务部共同对公司关联方及关联交易的内容、关联交易决策、关联交易履行和披露程序进行审核和把关。

① 关联方界定控制。每年6月30日和12月31日，公司董事会秘书室编制关联方清单，对关联方单位进行定期更新，并发至各分公司、控股子公司关联交易协调管理小组。另外，董事会秘书室每月底与中铝公司相关部门联系，详细了解中铝公司企业兼并与发展情况，及时更新其下属公司的情况并编制关联方清单。中国铝业总部关联交易协调管理小组也会在日常向业务部门及时通报法律政策变动情况，督促其检查是否发生新的关联交易。

② 关联交易授权审批控制。根据中国铝业的关联交易内部控制制度，公司所属分子公司及相关业务部门对有关交易是否属于关联交易进行初步判断，及时告知董事会秘书室进行核定；拟与关联方进行交易的，于支付任何款项、订立书面关联交易协议前，将交易情况通知公司董事会秘书室和财务部并提交相关资料。其中，关联交易属于公司经营管理层权限范围内的事项，按照管理层决定执行；属于公司董事会权限范围内的事项，提议召开公司董事会审议批准，并按公司股票上市的证券交易所的要求做出适当披露；属于公司股东大会权限范围内的事项，提议委托独立财务顾问出具独立意见，提议召开公司董事会，公司董事会提交公司股东大会审议批准，并按公司股票上市的证券交易所的要求做出适当披露。

中国铝业所属分子公司及相关业务部门严格按照批准的关联交易协议

履行，关联交易协议的主要条款发生变化的，及时告知公司董事会秘书室和财务部。董事会秘书室视情况决定是否重新启动公司内部批准及申报、公告程序。

③ 关联交易定价的控制。根据中国铝业管理层的介绍，公司的关联交易定价遵循以下原则：凡政府（含地方政府）有定价的，执行政府定价；凡没有政府定价，但已有政府指导价的，执行政府指导价；没有政府定价和政府指导价的，执行市场价；前三者都没有的，执行协议价。

中国铝业是中国最大的氧化铝和原铝生产商，公司主要参考国际及国内市价、氧化铝的进口成本，以及国内市场供求变动为氧化铝和原铝定价。

④ 关联交易内部控制的监督检查。中国铝业对关联交易内部控制的监督与检查主要通过公司内部控制体系评价活动进行。评价活动重点考量以下几个方面：

- 在制度层面检查制度内容与资本市场要求是否相符；
- 在执行层面检查批准手续是否完备，具体操作是否依照制度执行；
- 在披露环节检查是否进行完整披露。

同时，通过采集样本进行检查，获得内部控制是否有效的结论。

另外，中国铝业关联交易管理部门对公司所属分公司、控股子公司关联交易管理工作进行检查和评估，根据检查和评估结果向公司绩效考核管理部门提出考评建议。

5.2 并购

近年来，随着改革开放和中国经济的迅猛增长，随着我国资本市场的不断发展和经济全球化趋势的推动，我国也掀起了公司并购的热潮。无论并购交易数量还是交易金额，均大幅攀升。公司并购是取得协同效应、实现战略性扩张的重要手段，也是国内企业走向国际化的捷径。并购可以给公司带来巨大的利益，但是在市场经济条件下，高收益通常伴随着高风险，公司并购整个过程面临很多不确定因素，从并购的筹划阶段到实施过程及并购后的整合阶段都充满着风险。现实中虽然不乏成功的公司并购案例，并购失败的案例却也比比皆是。造成公司并购风险的不确定性因素的多样性，导致了不同的风险，如有的风险是系统风险，是无法避免的；有些风险是非系统风险，公司可以通过采取积极措施，对其进行防范和管理。因此，加强并购过程中的内部控制建设，尽量降低并购中的风险，也成为上市公司内部控制中的一个重要部分。

5.2.1 我国上市公司并购内部控制现状

同样，本节将根据对上海证券交易所、深圳证券交易所上市公司的问卷调查结果对我国上市公司的内部控制现状进行分析。

1．并购前的内部控制现状

并购前的内部控制指并购交易实施前的准备工作，主要包括并购的职责分工和授权批准、并购的前期准备和并购战略的制定。

（1）并购的职责分工和授权批准

并购的职责分工和授权批准是并购过程中的关键控制环节，在回收的问卷中，仅有48%的上市公司建立了并购归口管理制度，设置或指定了并购归口管理部门；37%的上市公司建立了明确的职责分工、权限范围和审批程序，配备了合适的人员对并购进行归口管理；24%的公司对经办人的道德素质和专业素质有相关要求。

（2）并购前期准备工作的控制

并购前期准备工作的控制包括防范商业机密泄露机制、并购相关流程和并购文档保存制度的建立。上市公司在该阶段的内部控制相对较好，68%的上市公司建立了防范商业机密泄露机制，57%的上市公司建立了规范的并购意向书编制和审核流程，58%的上市公司建立了规范的并购项目草案编制和审核流程，45%的公司建立了并购前期文档保存制度。

（3）制定并购战略

大部分上市公司认识到了并购前期战略规划的重要性，半数以上的上市公司认为并购成功的关键因素主要有两个方面：一是对公司战略、经营、资本实力等方面进行恰当的自我评估，并购目的明确（54%）；二是选择适当的目标公司，重视与发展战略的吻合、业务的协同及技术和研发方面的能力等（51%）。

但是，由于并购战略的制定涉及对企业的战略远景、新企业使命、价值取向、合并后的核心竞争力及财务目标等多个方面的翔实分析与阐述，有20%的上市公司制定的并购战略出现了较多问题。

2. 并购中的内部控制现状

并购中的内部控制指并购交易实施过程中的控制，包括并购的尽职调查控制、财务控制、信息披露控制、整合计划的制定等方面控制措施。

（1）尽职调查控制

问卷调查显示，上市公司普遍认为并购中最可能出现的风险是：尽职调查不全面，对目标公司资产价值和赢利能力判断失误（71%）。但是，上市公司在尽职调查过程中一些关键控制环节还有待完善。49%的上市公司在将大额并购的尽职调研工作委托外部会计和法律咨询机构执行时，未在外包合同（协议）中约定调研工作的范围；47%的上市公司不会将公司并购团队或外部咨询机构出具的尽职调查报告及时提交并购归口管理部门和财会部门负责人审核；有32%的上市公司不会制定详细的尽职调查表，并依据尽职调查表所列项目开展调研工作。

（2）财务控制

财务控制包括并购的财务规划和会计处理。财务规划方面，16%的上市公司认为财务规划是并购内部控制中容易出现问题的环节。并购会计处理方面，65%的上市公司由并购归口管理部门及时向财会部门确认并购的发生；对于涉及金额较大的并购，有52%的上市公司财会部门会编制并购会计处理分析报告；有58%的上市公司内部审计人员定期审核并购的会计处理与并购的文件记录是否一致；但仅有27.92%的上市公司设置了并购交易备查簿。

（3）信息披露控制

上市公司的信息披露是监管的重点，在信息披露的合规性方面，上市公司表现良好。84%的上市公司认为并购交易信息披露符合国家统一会计准则制度和相关法规规定，67%的上市公司建立了规范的并购信息披露机制。信息披露控制不足主要表现在：仅有41%的公司审计委员会（或类似机构）在年度财务报告披露前，审核并购交易信息披露的适当性和充分性。

（4）整合计划的制定

有研究表明，整合计划和实施上的滞后与并购失败之间形成了很强的因果关系。对整合计划没有足够重视不仅会贻误最佳整合时机，而且还会使被收购公司产生混乱和不信任感。因此，整合计划要超前规划，不能等交易结束时才开始规划，更不能将这项重要的工作拖进整合期去进行。调查结果显示，上市公司对整合计划的制定不够重视，29%的上市公司在并购交易结束时还没有形成明晰的整合计划。

3. 并购后的内部控制现状

并购后的内部控制指并购后对目标公司进行的整合。23%的上市公司认为导致并购失败的主要原因是整合缓慢。整合过程中，上市公司内部控制出现问题最多的环节是企业文化整合（28%），其次是生产经营整合（18%）。

5.2.2 上市公司并购中常见风险事项分析

公司并购风险是指公司在并购活动中达不到预先设定目标的可能性及由此给公司正常经营和管理所带来的影响程度。一般来说，上市公司应当重点关注并购中的以下七个方面的风险。

1. 并购环境风险

并购环境风险是指对宏观经济发展趋势、经济发展速度、需求的变化、技术水平的提高等并购环境的估计与实际形势不符而导致并购失败的风险。并购环境对并购交易带来的影响主要体现在四个方面。

（1）政治因素

政治因素是指对公司经营活动有现实与潜在作用和影响的政治力量等。与市场经济成熟国家相比，我国公司并购市场的发育还不完善，存在功能缺位的缺陷。因而需要政府承担起某些本应由市场发挥的功能。而且，对国有控股上市公司而言，政府兼具行政管理的权威和代理所有者的权威，使其在不完全资本市场中，与公司相比处于强势，可以直接影响和参与公司的并购活动。因此，深入了解政府的基本经济政策和产业政策，有助于公司规划自己的长远发展战略及进行资源的优化配置。

（2）经济因素

在宏观经济总体运行状况良好的情况下，市场扩大，需求旺盛，公司发展的机会多。反之，宏观经济增长乏力或剧烈波动，大多数公司不可能获得良好的发展机会，甚至会破产倒闭。从政策面来看，宏观经济的总体状况通过受政府财政赤字水平和中央银行货币政策这两个因素的重大影响。在偏紧的货币政策或保守的财政政策环境下，都不利于公司的扩张。

（3）技术因素

技术因素不仅仅指那些能引起时代革命变革的发明创造，而且还包括与公司生产活动有关的新技术、新工艺、新材料的出现及其发展趋势和应用前景。技术进步会使社会对相关产品和服务的需求状况发生重大变化。在同一行业中竞争对手的技术进步，可能会使得竞争对手的产品或服务相对于本公司而言更加新颖完善，同时价格也相对更加低廉，从而使本公司的产品或服务失去竞争力。因此，要认真分析技术变革给公司带来的影响，认清本公司和竞争对手在技术上优势和劣势，扬长避短，提高自己的竞争地位。

（4）社会因素

社会因素包括社会文化、社会习俗、社会道德、社会公众的价值观、人们对工作的态度等。社会因素发生变化会影响社会对公司产品或服务的需求状况，也会对公司的战略选择带来间接的影响。文化因素强烈地影响着人们的购买决策和公司的经营行为。不同的国家有着不同的主导文化传统，也有着不同的亚文化群、不同的社会文化习俗和道德观念。公司只有更好地把握消费者所在国家和地区的社会文化习俗和社会道德观念等文化因素，并把这种文化因素融入公司自身的经营战略思想中去，才能获得消费者的认同，进而影响人们的消费和购买偏好。

如果在并购过程中，没有对并购环境进行充分、全面的了解，公司并购战略的制定、对目标公司价值的评估和整合等各方面可能都会出现偏差，从而导致并购失败。

2. 法律风险

法律风险是指并购交易违反国家法律法规，可能遭受外部处罚、经济损失和信誉损失。对于并购，我国《公司法》规定：公司合并，必须经出席股东大会的股东所持表决权的三分之二以上通过，应当由合并各方签订合并协议，并编制资产负债表及财产清单，并通知相关债权人。《证券法》规定投资者可以采取要约收购、协议收购及其他合法方式收购上市公司。采取要约收购方式的，收购人在收购期限内，不得卖出被收购公司的股票，也不得采取要约规定以外的形式和超出要约的条件买入被收购公司的股票，在上市公司收购中，收购人持有的被收购的上市公司的股票，在收购行为完成后的十二个月内不得转让。《上市公司章程指引》规定：公司合并时，合并各方的债权、债务，由合并后存续的公司或者新设的公司继承。《上市公司收购管理办法》中规定：收购人不得利用上市公司收购损害被收购公司及其股东的合法权益。禁止不具备实际履约能力的收购人进行上市公司收购，被收购公司不得向收购人提供任何形式的财务资助。此外，《关于规范上市公司重大购买或出售资产行为的通知》中规定：上市公司进行重大购买或出售资产行为，应该由上市公司董事会对有关事宜进行可行性研究，并按照法律、法规和证券交易所股票上市规则的要求履行信息披露义务，董事会就有关事宜进行审议并形成决议，上市公司董事会聘请具有证券从业资格的会计师事务所、律师事务所和财务顾问对有关事宜进行认证并出具意见；股东大会就有关事宜进行审议并形成决议。如果在并购过程中，公司的并购交易没有按照相关法律的规定操作，就可能会受到处罚。

3．估值及战略选择风险

尽职调查不全面、不科学，可能导致公司战略失败或者股东权益遭受损失。估值风险即在选择目标公司时，对其基本情况缺乏深入了解。比如，对方对一些债务、担保进行隐瞒，而之前没有进行相应的审慎性调查或者调查不全面，而遭受损失的风险。

并购的实质是产权交易，交易的核心问题是价格的确定。在完善的市场环境条件下，并购价格是并购双方博弈的结果，只有双方均认为是合理的价格才能成交。对并购的成本估计不当，对并购成本估计过高，公司并购出价过高，导致公司为并购交易支付了更多的对价和成本，那么公司在并购中就会遭受损失。如果对成本估计过低，支付的对价得不到对方的接受，使得并购协议达不成，失去了并购机会。

战略选择风险也可以称为动机风险，即并购公司在选择目标公司时，如果不是从自身的发展战略出发，而是单纯地将并购作为融资手段或进行盲目扩张。这样，并购后，因规模过大而产生规模不经济，反而使公司背上沉重的包袱。

4．操作风险

并购交易未经适当审核或超越授权审批，可能因重大差错、舞弊、欺诈而导致损失。在并购过程中，公司相关参与并购的人员可能会由于没有严格审核，没有完全按照授权来行使权力，而出现差错。或者是相关人员为了一些不正当的目的，故意舞弊、欺诈，导致公司损失。

5. 违约风险

并购交易合同协议未恰当履行或监控不当，可能导致违约损失。

6. 财务风险

并购交易财务处理不当，可能导致财务报告信息失真。此外，财务风险还指定价风险、融资及资本结构改变所引起的财务危机，甚至导致公司破产的可能性。

7. 整合风险

整合风险主要指在并购之后几个不同公司之间在经营上、生产上、技术上不能达到预定的协同效果而产生的风险。公司并购后，这种风险容易导致破产，如并购方本想通过并购实行多元化经营进入新领域，而当新领域的成长受到阻碍时，往往会使得并购公司陷入困境；整合风险还表现在并购后人事上、制度上、文化上不能按照预先设计的并购规划有效整合，使得新老公司运行相互抵触，产生内耗，从而拖累原本优质的公司。

5.2.3 上市公司并购内部控制

1. 并购前的内部控制对策

（1）加强内部环境治理

内部环境是并购战略决策的基础。内部环境最重要的就是公司的治理结构。公司治理结构由股东大会、董事会、监事会、总经理四部分组成，其责、权、利的划分也有明确的规定。要改善公司治理结构，完善内部控制，首先要建立部门和人员间的制衡体系。通过内部部门和人员之间的制约和平衡，相互之间形成监督关系。有了完善的公司治理结构，公司在进行并购决策时，能够避免少数人决策的失误和舞弊行为，进而导致由此引起的并购目标不当。公司要在长期发展战略的基础上制定正确的公司兼并战略。公司的兼并战略不能只是为了扩大规模这样的短期目标，更重要的是关注公司长期效益和长期战略。

（2）制定清晰明确的经营战略

在并购前，并购者就必须仔细筹划哪些业务将必须合并、独立运作或者取消；哪些资源和能力将发生转移；哪些运作流程、策略将被改善或优化；进行整合需要的成本是多少，将创造多少价值。如果不能清晰地说明新公司在整个产业价值链中竞争力的来源，不能刻画出在哪里产生竞争收益，并购失败的可能性就大得多。

（3）实施职责分工和授权审批

实施职责分工和授权审批，对加强内部控制至关重要。并购中，按照职责划分，一般分为业务职能，财务职能，法律职能。业务职能，负责并购的定价及谈判等；财务职能负责财务状况和财务方面的尽职调查；法律职能负责平常法律事务和法律尽职调查。要做好这些不同职能部门之间的分工。对于部门的尽职调查和重大事务，要由总负责人进行审核。重大事务的决策要得到负责人的授权。对并购团队的每个成员规定其职责和权限，职责和权限的规定应尽可能充分、明确，不留盲点和死角。职责和权限的规定应形成文件，并确保团队中每一个成员都能知道自己在并购中的职责和权限。已规定的职责和权限，最高管理者应确保在组织内得到沟通、理解和履行。职责分工和授权审批，能够实现各个部门之间相互制约和平衡，实现相互之间的监督，能够规范公司并购行为，避免出现诸如未经适当审核或超越授权审批，重大差错、舞弊、欺诈等行为，减少不必要的风险和损失。

（4）强化保密管理

收购企业和律师应对并购涉及的保密信息进行全方位的讨论，并与接触秘密信息的人员签订保密协议。在保密协议中，应当明确违反保密协议应当承担的法律责任，这样可以增加双方的违约成本，减少泄密风险，以保证即便在并购不成功时，并购者的意图不过早地被外界知道，目标企业的利益也能够得以维护。

（5）搞好文档规整

对并购中的文档指定专人负责保存，系统地对并购从战略制定到并购协议签订及整合过程的一系列资料进行整理。文档资料可以为并购决策提供依据，也可以为日后的并购提供借鉴。

2. 并购中的内部控制对策

（1）加强对中介机构的资格审查，对尽职调查全过程进行监督

在并购中，由于资本市场的不完善，存在信息不对称情况，甚至有的目标公司对资产负债表进行粉饰，给并购企业以错误信息。详细的尽职调查可以帮助并购企业对信息进行进一步的证实和筛选，减少购并成本，大大提高并购的成功率。尽职调查一般是由中介机构或并购方在目标公司的配合下，对目标公司的历史数据和文档、管理人员的背景、市场风险、管理风险、技术风险和资金风险做全面深入的审核。并购方自主进行尽职调查时，应通过加强业务指导和监督，以重点防范因尽职调查人员本身业务能力不足导致的疏漏及与目标企业相关人员串通舞弊的风险。企业在聘请中介机构时，有必要对中介机构的资质、经验和团队成员的胜任能力等进行评价。而且，由于尽职调查过程中有可能因为调查人员未能尽到勤勉义务，致使调查事项遗漏、出现重大错误，企业应该指定人员全程进行监督，

以减少尽职调查中的道德风险。

（2）做好财务规划，确保并购过程现金流充足

由于并购前资金的筹集、并购后对被并购方的资金投入都会使并购方与被并购方的资本结构发生较大变动，企业并购前后的财务规划成为并购成功与否的关键之一。为了控制并购财务风险，企业首先要依据自身的收购目的和支付方式等因素测算资金需要量，其次要设计并购后资本结构和筹融资方式，做好现金预算，使企业现金流量与债务本息的支付相匹配。

（3）严格执行国家统一的会计准则制度，明确会计处理程序

企业并购会计处理方法的选择直接影响到参与并购各方的资产、负债及所有者权益的重新整合。建立规范的会计处理程序，可以为财务报告及相关信息的真实完整提供保障，减少会计处理违规风险的发生。

（4）建立规范的信息传递程序，明确信息披露责任

对上市公司来说，信息披露义务贯穿并购的全过程，信息披露工作涉及的时间较长，信息面较广，对外部的各种猜测需予以及时澄清。因此，为了及时、完整地披露并购相关信息，上市公司应建立规范的信息传递程序，明确规定信息传递过程中相关人员的责任。

（5）制定清晰的整合计划

有效的并购整合计划不是始于并购交易完成之后，而应始于并购准备阶段，并在尽职调查阶段逐步细化。在尽职调查时，不但要了解目标企业的资源、业绩、客户等，更要研究其文化、历史等，必须对协同效应的真正来源、实现的途径做出可靠的评估。如果在并购交易完成前无法形成清晰的整合计划，很可能是并购战略不明确，或者对目标企业的了解不够，企业需要重新考虑并购的必要性和可行性。

3. 并购后的内部控制对策

（1）加强沟通，消除文化差异

在企业并购过程中，由于并购双方企业文化差异，使并购中的文化冲突不可避免，处理不好会产生大量不必要的内耗。沟通是解决冲突最有效的办法，要解决冲突就必须进行沟通，认识双方的文化差异，寻求协调办法。在这一过程中，有必要正式任命整合经理，负责管理整合团队和快速推行整合计划，解决沟通中遇到的困难。要慎重对待被并购公司的管理者。被收购公司会有较大震动和动荡，要想实现文化统一，高层管理者（特别是原公司的）的支持是必不可少的。

（2）及时调整管理模式，尽快明确岗位责任

并购方应在公司战略的指导下设计新公司的管控模式、组织架构、关键岗位和业绩管理体系，将新公司的价值创造目标尽快分解到各个部门和关键岗位，并与新的考核和激励体系联系起来，为战略的实施提供必要的组织保障。

（3）积极进行经营整合，形成核心竞争力

企业应当结合并购双方产品的特点，根据优势互补、资源共享的原则进行经营整合，加强采购、技术、产品市场形象、品牌价值、分销渠道等方面的管理，形成核心竞争力，充分利用协同效应为企业创造更多的价值。要制定过渡政策，在并购之后的一段时间内允许公司在管理和业务做法上的差异，并设置相应的小组对公司业务上的差异进行协调。同时要注重整合的速度与融合。执行整合计划，要进行有效的培训，推行短期管理人员对换项目等措施来加快整合速度。

5.2.4 并购内部控制典型案例分析

1. 世通并购案例分析

（1）世通案例简介

世通公司的前身便是长途电话折扣公司（LDDS），当时，它的主营业务被确定为从美国电话电报公司那里以低价购进长途电话服务，然后再以稍高的价格卖给普通消费者。此后数年间，长途电话折扣服务公司吞并了数十家通信公司，并于1995年更名为世界通信公司。

1997年11月10日，世通与MCI通信公司对外宣布了价值370亿美元的合并计划，创出当时美国收购交易的历史纪录。1998年9月15日，合并后的新公司MCI世通正式营业。

1999年10月5日，MCI世通与Sprint公司宣布将以1 290亿美元合并，再创纪录。合并后的公司将一举成为历史上规模最大的通信公司，首次超过AT&T公司。但该项交易因触犯垄断法未获美国及欧盟批准。2000年7月13日，两家公司终止收购计划，但MCI世通仍在随后再次更名为世通。

公司通过兼并和收购达到超出寻常的增长速度，世通在不知不觉中逐步脱离了一家公司正常的轨道：收购成了目的本身，而公司运作的基本层面反倒被遗忘。高速增长阶段所带来的高额债务给世通带来了沉重的负担。2002年7月21日，世通公司申请破产保护，成为美国历史上最大的破产保护案。

（2）世通并购案反映的问题

① 缺乏适当的授权批准控制，导致个人控制公司。美国破产法庭对世通的调查报告中指出：世通前首席执行长Bernard Ebbers在公司的决策问

题上拥有绝对的权力。在公司财务总监、审计官和总会计师的参与下，公司采用虚假记账手段掩盖不断恶化的财务状况，虚构赢利增长以操纵股价。

② 内部监督的独立性不足。公司内部审计部的人力资源和运作经费严重匮乏，辛西亚所领导的内部审计部只有区区的27人。内部审计部理论上直接向审计委员会负责，但实际上直接接受首席财务官苏利文的领导，缺乏最起码的独立性，这加大了世通内部高管人员对内部审计发现的内部控制薄弱环节重视不够，对内部审计提出的改进建议置若罔闻，加大了审计部对世通进行会计监督的难度。

③ 风险意识不足，战略目标选择错误。随着电信行业的非理性膨胀，世通也进行了非理性的并购。1998年，它以370亿美元收购长途电话公司MCI，该宗交易涉及的金额创下当时的企业购并纪录。后来，前首席执行官埃伯斯又决定收购规模更大的对手，以维持可观的赢利增幅。但是，世通公司一开始的战略选择就错误了，它不是依靠公司业绩的增长而是通过不断的并购来维持高股价。这种急功近利的战略选择注定了世通的失败。

④ 缺乏明晰的整合计划，忽略并购后的整合。世通的高速发展超出了高管人员的驾驭能力。大量的收购兼并，使世通的经营规模急剧膨胀，业务日趋复杂。但世通的高管人员存在重发展、轻管理的倾向，导致被收购兼并公司在管理体制、信息系统、内部控制、人事政策等方面未能有效地与世通实现整合和优化，弱化了组织控制和内部控制，为高管人员逾越内部控制和舞弊行为留下隐患。世通的许多会计造假都是通过总部给予公司等分支机构下达口头指令实施的，尽管缺乏签字授权和原始凭证，但分支机构的会计人员在世通这种松懈控制文化的熏染下，往往麻木不仁，缺乏风险控制意识和规范意识。对于这种松懈的管理，已经习以为常。

2. 中联重科并购案例分析

与世通并购不同，中联重科并购比较成功。

（1）中联重科简介

中联重科创建于1992年，是在长沙建设机械研究院基础上建立起来的新型高科技上市公司。2000年10月发行上市。中联重科是我国大型机械装备制造企业，是中国工程机械龙头企业之一，主要从事建筑工程、能源工程、交通工程等国家重点基础设施建设工程所需重大高新技术装备的研发制造。

中联重科已有的内部控制体系包括财务控制、信息管理和内部审计等，总公司审计部门下有二级、三级部门，实现对内部控制监督的“线面贯通”。① 成立了风险管理部门。公司成立了公司危机管理委员会和风险控制委员会，下设风险管理部和专门的信用管理部。② 推出了一系列的风险管理制度，如信用风险制度等。③ 公司2009年出台内部控制大纲，以符合《企业内部控制基本规范》的要求，并统一各部门的工作标准。

近年来，中联重科进行了一系列并购，如表5-2所示。

表5-2 近年来中联重科发生的并购交易

年 份	发生的并购交易	并购的影响
2001	以196万美元收购英国保路捷公司80%股权	
2002	承债式收购湖南机床厂	次年湖南机床厂扭亏为盈
2003	以1.27亿收购中标实业	成为国内城市环卫机械市场规模最大的公司
2003	承债式重组浦沅集团	中国汽车起重机行业排名第二；2004浦沅集团利润大增；中联重科主营业务收入同比增长188.11%
2008	以3 400万元收购陕西新黄工机械公司100%股权，出资1.9亿元进行增资	

续表

年　份	发生的并购交易	并购的影响
2008	出资 15 423.42 万元收购湖南汽车车桥厂 82.73%股权，拟出资 2 675.73 万元对湖桥进行投资	
2008	与弘毅投资、高盛和曼达林基金组成财团全额收购 CIFA 的股份，中联重科取得 CIFA60%的股权	

（2）中联重科并购内部控制

下面以并购意大利 CIFA 为例介绍中联重科并购过程的风险控制。

首先，遵守国内外法规。在这次海外收购中，中联重科得到了政府的批准和大力支持，在并购前就拿到了国家发改委、商务部的排他性政府许可，为中联的国际并购做好铺垫。

其次，充分考虑两国文化的差异、并购企业所在国及国民的态度、企业在当地的影响、CIFA 公司董事长对企业的影响，以及 CIFA 公司管理层在被并购后继续保留股权的要求。

最后，组建经验丰富、知识全面的专家型、学习型并购团队。中国的海外并购没有太多的成功案例，中联的海外并购也没有先例。因此中联重科的海外并购主要依靠中介机构，通过股权结构多元化引入了曼达林基金、高盛、弘毅投资等多家外方，中联重科内部的人员则不断向中介机构学习他们的丰富经验和专业知识。

5.3 信息披露

信息披露主要是指公众公司以招股说明书（或债券集体说明书）、上市公告书及定期报告和临时报告等形式，把公司及与公司相关的信息如财务状况、经营成果和现金流量等对决策有用的信息，向投资者和社会公众公开披露的行为。上市公司信息披露是公众公司向投资者和社会公众全面沟通信息的桥梁，真实、全面、及时、充分地进行信息披露至关重要。信息披露对产权实现与投资保护具有重要作用。信息披露属于治理机制中的决策机制和监控机制，是公司这个不完备契约的协议各方进行签约的前提条件，也是股票价格形成、企业价值判断和经济资源配置的信息中介。

在证券市场上，不确定性和风险是影响证券价格和构成证券特征的重要因素，而信息的获取可以改变对证券不确定性和风险的评价，信息对证券市场的价格波动和价格均衡具有直接作用和决定性意义，因此，建立完善的信息披露制度对上市公司非常重要，且意义重大。一方面，信息披露是上市公司必须履行的一项法定义务，上市公司遵照国家法律、法规和规章的规定，及时、准确、真实地披露公司的重要信息，便于投资者据此进行投资决策，保护上市公司自身利益。另一方面，信息披露又是促进上市公司规范化运行，体现证券市场公开、公平、公正的原则，保护投资者利益，实现证券监管部门和社会公众投资者监督的必不可少的重要过程。

5.3.1 我国上市公司信息披露内部控制现状

2009 年全年，监管部门共查处违规案件 53 起，较 2008 年的 50 起有所上升。就违规类型来看，信息披露虚假或严重误导性陈述、未及时披露公司重大事项及未依法履行其他职责为最主要的违规形式。其中未及时披露公司重大事项的违规事件 15 起，占总违规数量比例的 28%；信息披露虚假或严重误导性陈述也是 15 起，占比 28%；未依法履行其他职责的数量最多，达到 20 起，占比 38%。上市公司信息披露违规事件有增无减。

上市公司信息披露的问题多发地带集中于会计信息披露，主要表现为会计信息披露不完整、不规范、不及时、不真实。上市公司在进行信息披露时常常会出现披露随意的现象，例如，报喜不报忧；部分公司信息披露缺乏规范性，随意调整利润分配；中期报告过于简单，无法进行财务分析与评价；部分公司的财务报告中不提供上年同期相关的重要数据，与公司有关的市场竞争、通货膨胀、利率汇率变化、营销策略、宏观产业政策揭示得不完全或者根本不披露。

此外，第三方监管会计监管不规范也是一个非常值得注意的问题。在证券市场上，会计师事务所的审计工作在信息披露中起着非常重要的作用，投资者掌握的信息很大层面上来自会计师事务所的审计报告。审计的本质在于其独立性，但是在现实生活中，却常常出现会计师事务所和上市公司共同做假账的现象。

5.3.2 上市公司信息披露中常见风险事项分析

1．信息披露不及时

及时性的信息披露是保证信息透明度的重要要求。上市公司的经营管理过程是一个动态的过程，由于存在着信息不对称性，投资者不可能像上市公司一样清楚公司经营管理的变化。股票发行与交易管理法规规定：如果发生可能对上市公司股票市场价格产生较大影响而投资人尚未得知的重大事件时，上市公司应当立即将有关重大事件的报告提交证券交易所和证监会，并向社会公布，说明事件的实质。同时，2007年年初出台的《上市公司信息披露管理办法》明确指出，作为最低的监管要求，上市公司应在最先发生的以下任一时点，及时履行重大事件的信息披露义务：一是董事会或者监事会就该重大事件形成决议时；二是有关各方就该重大事件签署意向书或者协议时；三是任一董事、监事或者高级管理人员知悉重大事件发生并报告时。当公司证券及衍生品种交易发生异常波动时，上市公司需要及时披露相关事件的现状、可能影响事件进展的风险因素。

事实上，确实有一些上市公司利用了披露时点的争议性，或者信息披露不断“变脸”，或者不断对外放消息，或者消息泄露使得股价震荡，同时寻找种种借口不肯披露实情，故意延误信息披露，不让市场及时准确了解公司动向，这种违规行为一度在证券市场上屡见不鲜。如果在上市公司未按相关要求及时履行信息披露义务，势必会引致监管部门的查处。

2. 信息披露不充分

按照有关规定，只要是对使用者决策有重大影响及反映重大经济事项的信息都应予以披露，而不管该信息对上市公司有利与否。而所有权与经营权分离，导致上市公司的中小投资者与经营者存在着严重的信息不对称。一些上市公司定期财务报告信息披露陈述不充分，财务数据有遗漏，甚至断章取义，避重就轻，报喜不报忧。主要表现在：一是对关联企业间的交易披露不够充分；二是对企业财务指标的提示不够充分；三是资金投资去向及利润构成的信息披露不够充分；四是对一些重要事项的披露不够充分；五是借保护商业秘密为由，故意隐瞒企业重要会计信息。

3. 信息披露不准确或不真实

准确性和真实性是信息的根本质量特征，也是对上市公司信息反馈披露行为的最基本要求。信息披露不准确或不真实是当前上市公司信息披露中最为严重和危害最大的问题。许多上市公司在利益的驱使下，蓄意歪曲或掩盖公司真实信息，以粉饰会计报表进行利润操纵，隐瞒业绩亏损，虚增利润，预亏预警不披露，甚至制造虚假利好消息等情况来欺骗市场和投资者。主要表现为：文字叙述失真，有意将不合理、不合法、虚假的业务或收支通过各种途径变通为合理、合法、真实的业务或收支，利用“四项计提”调节利润。部分上市公司通过制定较低的计提比例，不提或少提坏账准备，对上年亏损计提充分的损失准备，为下年度调节利润留有余地，或利用追溯调整，为以后冲回多提坏账准备等。

5.3.3 上市公司信息披露内部控制

根据上市公司信息披露中可能存在的风险事项，上市公司应从以下方面重点加强信息披露的内部控制建设。

1. 完善公司治理结构，提高上市公司素质

通过加快上市公司内部各种制度措施的建设，形成对全体股东负责，股东利益最大化的经营理念。具体来说包括三点。

（1）增强董事会独立性并确保董事诚信尽职

其一，推行职务不兼容，规范董事长与总经理任职，减少董事与高层管理人员的交叉任职；其二，增加董事会中独立董事的比例，同时独立董事来源应多元化；其三，建立董事问责机制，以保证董事会决策的科学性和效率，保证董事以诚信、勤勉的态度履行职责，维护股东的整体利益。

（2）完善监督机制

首先是设立主要由独立董事组成的审计委员会、提名委员会。审计委员会主要检查公司会计政策、财务状况和内部控制结构及内部审计功能，全面掌握公司的经营状况，并拥有聘请及更换注册会计师的决定权，以保证注册会计师的独立性；提名委员会就董事会规模和构成向董事会提出建

议，向董事会提名董事和公司高级管理人员的候选人。这样可以使公司的决策机制、选聘机制更加公正、科学和透明；其次是切实强化监事会的各种监督职能，使监事会真正有效地起到监督作用。应给予监事会一定的实质性权力，譬如董事会的重大决策都必须得到监事会的通过，赋予监事会对董事、经理的解聘建议权；再次是实行监事问责制，监事因未尽法定义务而给公司带来损失的应承担相应责任。

2. 建立并实施完善的信息披露内部控制制度

（1）完善企业信息披露整体制度规范

建立信息披露岗位责任制和授权审批制度，确保披露信息的真实性，避免出现虚假记载、误导性陈述等情形；建立重大信息对外披露制度，明确规定重大信息的范围和内容，确保在成本效益原则的基础上披露所有重要信息，避免出现重大遗漏；建立信息披露的信息收集和内部报告机制，创建并维持有效的信息内部报告和外部披露渠道，确保披露的及时性；建立公平信息披露制度，保证所有信息使用者可同时获悉同样的信息，防止私下提前向特定对象单独披露、透露或泄露，确保披露的公平性；积极利用计算机系统进行信息披露，提高信息收集、处理、审核和报告过程的准确性和时效性。

（2）规范信息披露工作流程

在信息披露的内容上，包括但不限于定期报告、临时报告和日常信息披露，确保信息披露的完整性。在信息披露的时间上，上市公司应根据定期报告披露时间，制定定期报告披露工作计划，及时编制定期报告，连同审计报告（不需审计的除外）一并报董事长（或者法定代表人）审核，经董事会批准并形成决议文件后，予以对外披露；对需披露的临时报告，由发生该事件或交易事项的部门提出书面议案，经公司内部相关部门会签，董事长审核（或者法定代表人）后，提交董事会审议，必要时可召开股东大会对重大临时报告议案进行审议；同时，公司应当结合发展战略和生产经营情况，制定日常信息披露计划，包括披露内容、时间、方式等，并组织有关部门编制信息披露草案，经董事会秘书（或类似机构、岗位）审定后，予以对外披露。此外，公司应当组织有关人员对披露信息全文、相应决议文件及监管部门要求报送和披露的所有文件进行复核，核对无误后，按规定程序报监管部门，并及时在指定媒体上发布。

（3）加强对上市公司的内部核查和审计

① 建立独立审计委员会制度。独立审计委员会主要由公司的非执行董事和监事组成，它应独立于公司管理当局之外，负责对公司经营和财务活动进行审计监督，并拥有聘请注册会计师的决策权等，以保证注册会计师应具有的独立性。

② 加强上市公司的会计管理。上市公司必须不断健全和完善其内部会计制度，严密监控会计信息的确认、计量、记录、报告的过程，对会计政策的选择，应该参照会计准则的要求，以防止公司利用会计政策的不同选择粉饰财务报告。同时要加强公司会计人员的经常性培训，提高他们的业务水平和职业道德水平。

③ 完善上市公司业绩评价体系。上市公司应对现行的业绩评价体系进行修改，不但要评价财务指标，还要评价非财务指标，诸如领导能力、战略规划、继任规划、人力资源管理、与股东和所有当事人的沟通、与外部关系、与董事会和监事会的关系等，避免短期行为，促进公司长足进步。

5.3.4 信息披露内部控制典型案例分析

1. 三洋信息披露案例分析

（1）三洋案例简介

在日本的电子工业史上，三洋曾经跟索尼、松下形成了三足鼎立的格局。在鼎盛时期，三洋的股价远远超过了松下、东芝等竞争对手。从2000—2002年，因为日本经济疲软而使日本企业普遍遭遇经营危机的时候，三洋是业绩表现最好的公司之一。

然而在2007年2月23日，距离三洋电机2006年财年结束的3月31日还剩30余天，三洋被爆出涉嫌在2004年度对子公司的账目进行粉饰，对子公司原本亏损的约1 900亿日元未能全部并账，只在对外的财报披露中填写了500亿日元的亏损。日本《朝日新闻》披露，在2004年3月结束的财务年度中，三洋实现净利润134亿日元，但次年净亏损却高达1 371亿日元，在截至2006年3月底的会计年度净亏损2 057亿日元，落差之大，令人咂舌。事实上，三洋公司2004年的利润是靠着对控股子公司的亏损未做并账处理的手段粉饰出来的，还将大部分亏损延后冲销。如果把亏损完全写入财报，公司将显示出赤字。对此，三洋方面解释未冲销亏损，之所以瞒报亏损是因为他们相信这些损失能在很短的时间内得以弥补。岂料事与愿违，这家子公司的亏损日益加深。因此三洋不得不在2005年的财报中披露了这一数据。日本的金融监管机构也对三洋电机的历史账目介入调查。

三洋电机伪报假账的消息一传开，三洋股票在东京股市上遭遇了抛售狂潮，股价一天内大跌21%，市值损失了860亿日元，蒸发了1/5。

（2）三洋案例反映的问题

① 内部控制环境存在弊端。和大部分家族企业一样，三洋一直被家族成员牢牢控制着，在造假案之前，三洋历届最高领导都是来自井植家族的

人。这种情况可能会导致公司的治理结构不能到达监督和制衡的作用，公司治理不规范，就会使内部环境存在弊端，严重影响内部控制的建立健全。井植家族作为大股东唆使财务人员不对子公司的巨额亏损做并账处理，正是钻了公司内部控制存在严重缺陷的漏洞。

② 内部控制制度形同虚设。作为上市公司，三洋应当注重建立健全内部控制制度，防止大股东采用不正当手段损害公众利益。显然三洋公司的会计系统控制存在漏洞，公司并没有严格执行会计准则制度，管理层在子公司发生巨额亏损后，非但没有按照会计制度的规定进行账务处理和对外披露，反而天真认为亏损能够迅速弥补，对外披露只会节外生枝。这已经是一种藐视内部控制制度、视内部控制于不顾的行为。

③ 反舞弊机制缺失。三洋案例中不仅反映出三洋公司在防范财务会计报告和信息披露等方面存在虚假记载和重大遗漏，同时也暴露了公司董事、监事和高级管理人员滥用职权的问题。此外，三洋公司与为其提供审计服务的中央青山普华永道会计师事务所似乎也存在某些说不清、道不明的关系，在三洋事发之前，该所已经有了做假账的前科，三洋电机已经被冠上了“日本版安然事件”的称号。

2. 万科信息披露案例分析

（1）万科简介

万科是目前中国最大的专业住宅开发企业，也是股市里的代表性地产蓝筹股。总部设在深圳，至 2009 年，已在 20 多个城市设立分公司。2008 年公司完成新开工面积 523.3 万平方米，竣工面积 529.4 万平方米，实现销售金额 478.7 亿元，结算收入 404.9 亿元，净利润 40.3 亿元。万科通过专注于住宅开发行业，建立起内部完善的制度体系，组建专业化团队，树立专业品牌。根据深圳证券交易所发布的上市公司信息披露考评结果，2001—2008 年，万科在信息披露方面均保持着良好至优秀的水平。

（2）万科信息披露内部控制建设

① 明确信息披露职责。为保证公司按照监管要求完善履行信息披露义务，万科建立了包括公司董事会、监事会、董事会秘书、总部各职能部门和各一线公司、总部董事会办公室及信息披露相关当事人在内的立体信息披露职责体系，各部门、各机构均应按职责要求来处理公司的信息披露事项，确保信息披露有序进行。

② 信息披露及时性控制。在信息披露及时性方面，万科特别强调了及时披露义务、及时预警义务、及时修正义务、及时更新义务和持续披露义务。按照定期报告和临时报告及《股票上市规则》等相关规定要求，及时对外披露信息。

③ 信息披露充分、真实性控制。按照证监会和交易所的有关规定，万科信息披露内容主要包括发行信息和持续性信息，其中发行信息通过招股说明书、配股说明书、上市公告书的形式对外披露，持续信息则通过定期报告和临时报告对外披露。针对临时报告内容又按照交易信息和非交易信息继续细分，以此保证信息内容的充分性、真实性。

反侵权盗版声明